VICTORY NOVELS

最強電撃艦隊

❶英東洋艦隊を撃破せよ!

林 譲治

電波社

この作品はフィクションであり、登場する国家、団体、人物などは、
現実の国家、団体、人物とは一切関係ありません。

最強電撃艦隊(1)
英東洋艦隊を撃破せよ！

――もくじ

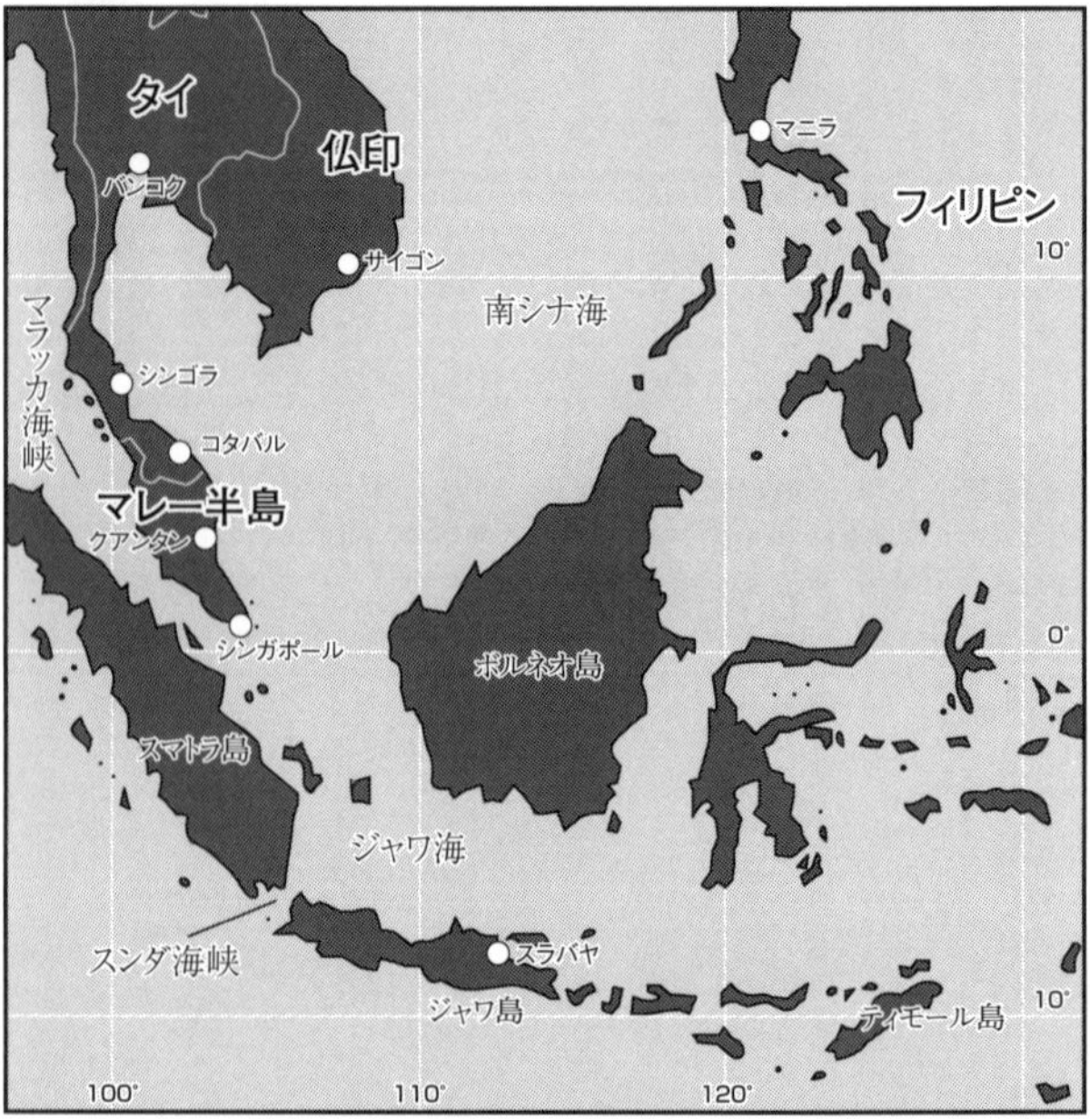

タイ
仏印
バンコク
サイゴン
マニラ
フィリピン
10°
南シナ海
マラッカ海峡
シンゴラ
コタバル
マレー半島
クアンタン
シンガポール
0°
ボルネオ島
スマトラ島
ジャワ海
スンダ海峡
スラバヤ
ジャワ島
10°
ティモール島
100°
110°
120°

プロローグ　昭和一九年四月、マーシャル諸島

「彩雲《さいうん》からの報告では、比較的規模の大きな船団がここから南南西に向かっているそうです」

　特設第三電撃戦隊の情報参謀が、ガラス板の上に赤鉛筆で印をつける。

　ガラス板の下には作戦海域の海図があった。深夜、空母伊吹《いぶき》の作戦艦橋ではそれだけがおぼろな光で包まれている。

　情報参謀は、以前は艦隊司令部にしか置かれていなかったが、昨今では戦隊司令部レベルでも必須の職となっている。

　それだけ現代戦は複雑になった。特に電撃の二文字がついた艦隊・戦隊では、専門知識を持った幕僚は不可欠だ。

　なぜなら、彼らは独立して行動し、航空機と火力でゲリラ戦を展開する部隊であるからだ。

「彩雲は何で敵船団を確認したのだ？」

　特設第三電撃戦隊の小田《おだ》司令官が情報参謀に問う。

　小田は司令官であったが、階級は大佐である。さまざまな戦果をあげたことで電撃戦隊は次々と新設されたが、それに伴って海軍は深刻な指揮官不足にみまわれていた。そのため特設電撃戦隊に限っては、大佐の司令官も認められている。

「彩雲の電探によるもので、艦艇、船舶あわせて五〇隻以上と思われるとのことです」

情報参謀が慌ててつけ加える。

「何によって敵状を把握したのかも重要な情報だ。それを忘れるな」

「失礼いたしました」

まだ若い情報参謀は恐縮していた。

小田が彼に厳しく接するように見えるのは、決して最善の方法とは言えないものの、こうした形で若い将校を教育しなければならない状況と考えるからだ。

小田たちが海軍兵学校に入ったのは、ちょうど八八艦隊が計画されていた頃で、それを見越して海兵の定員も大幅に拡張された時期にあたる。

この時期には、それまで一〇〇人前後だった海軍兵学校の生徒が三〇〇人台に拡大された。ただ、日華事変が起こるまでは一〇〇人以下の時期もあり、入学者は縮小されていた。

それが日華事変以降は拡大を続け、三〇〇人クラスの復活だけでなく、今日では五〇〇人をも超えている。もっとも大量養成のため、カリキュラムの省略も行われていると聞く。

確かに新任の少尉、中尉などは自分たちとはかなり違っているという印象があった。

そもそも海軍当局が新しい戦争の形を十分に咀《そ》嚼《しゃく》していないからには、現場の自分たちが教育していくしかない。望ましい状況ではないが、ほかに手はないのだ。

「彩雲は敵と接触したのか」

「いえ、残念ながら燃料不足のために帰還しました」

情報参謀は青ざめながら答える。しかし、小田は何も言わなかった。彩雲の行動について情報参謀を論難しても始まらない。

同時に、航空隊の方針もあるだろう。搭乗員の養成には時間がかかる。特に練達の偵察員はそうだ。上空から艦船の識別が正確にできるようになるには、しかるべき経験も必要だ。

だが、昨今は偵察だって容易ではない。敵空母の守りは幾重にもなされている。電探で読み取れる敵状だけで帰還するのも、選択肢としてはあり得る。あえて乗員を生還させるのを優先することも必要だ。

それに小田司令官にしてみれば、彩雲の情報だけでも作戦は立つ。というより、自分たちの任務に選択肢はそれほど多くないのだ。

小田司令官が彩雲の情報で作戦が立つと判断した理由の一つは、第一〇艦隊の存在にある。

第一〇艦隊は若干の船舶や航空機を保有するものの、基本的に自前の戦力を持たない艦隊だ。彼らが持つのは、通信隊からの情報と暗号解読や通信分析に携わる人材である。

海軍部隊としてかなり異質なのは、帝大の数学科の人間を短期現役制度で戦力化していることだろう。

今日の暗号は機械式暗号が多用されているが、彼らは真空管式演算機を駆使して暗号装置の構造を分析し、敵の暗号の一部も解読できるらしい。

これには伊吹や最上《もがみ》にも積まれている真空管式計算機よりも、さらに大型のものが使われていると聞いていた。

もちろん、それだけの機械力を動員しても、すべての暗号が解読できるわけではない。また、解読されたとしても時間がかかりすぎれば意味はない。今夜の攻撃計画の暗号を明日わかっても、手遅れなのだ。

ただ、不完全でも暗号解読による効果は大きい。それは個別の部隊、あるいは場合によっては艦艇の名前がわかる場合だ。

今回がそうだ。マーシャル諸島を移動する大規模船団の存在は暗号解読でわかっていた。それを護衛する戦力についても護衛空母一隻、巡洋艦一隻、駆逐艦八隻であり、空母の名称も判明していた。

その船団を彩雲の電探が捉えたわけだ。ならば作戦を立てられるのも道理だ。


「一〇艦隊の情報通りなら、敵空母はカサブランカ級だ。艦載機は三〇機前後と言われる。我々よりは少ないが侮れん。こちらから攻撃を仕掛けて航空隊を減らすことは避けたいところだ」

小田は、敵がエニウェトク環礁に補給拠点を建設しているらしいという情報を得ていた。だから、敵船団が拠点からの増援を期待できない海域にいる間に勝負をかけたかった。

狙いは敵護衛部隊ではなく船団だ。それを守るために敵部隊がおり、その部隊を撃破する必要がある。

最大の脅威は航空隊だ。それをどうするか?

「敵部隊に向けて索敵機を出す。迎撃部隊が現れたら索敵機は帰還せよ」

小田司令官はそう命じた。

そして、空母伊吹の電波探信儀が敵船団に向けて監視を強化する。その間に重巡最上と駆逐艦六隻も配置につく。

駆逐艦六隻は主砲を新規開発の一二・七センチ両用砲に換装されている。対空戦闘の重要性が認識された結果であり、戦前から研究されていた両用砲開発の成果である。ただ完全な新規開発ではなく、高角砲の両用砲化というのが、より正確だ。

最上の対空火器は、さらに強力だった。こちらは最初から搭載されている連装高角砲四門を長一〇センチ砲に換えたものが搭載されているだけでなく、主砲も二〇センチ砲から換装されていた。

これは、一つの砲塔に長一〇センチ砲四門を搭載したもので、主砲が四門掛ける五基の二〇門と連装四基の片舷四門の総計二八門が対空戦闘に従事する。最上型重巡洋艦はこうした形で、防空巡洋艦として大改造されていた。

これは、真空管式演算機と連動した高性能の対空射撃盤がかなり大型になることと、製造が難しいので射撃盤で多数の高角砲を一括して管制するためだ。

力技の防空巡洋艦ではあるが、火力は圧倒的である。特にB17爆撃機などへの迎撃能力は群を抜いていた。

「敵航空隊、接近してきます！」

電探室から報告がある。

小田司令官は迎撃戦闘機を発艦させるが、それと同時に空母を後方に下げ、最上と駆逐艦を前進させる。これらだけで六四門の対空火器が航空隊を待ち構える。

「とりあえず、賭けには勝ったか」

　小田司令官は思う。

　敵空母がこちらを攻撃するかどうか、確率は五分五分だった。彩雲の存在を敵も察知しているなら、攻撃されることを予想するだろう。だから、空母艦載機が索敵に現れたタイミングで先制攻撃に出れば、空母を無力化できる。

　これもまた、投機的な戦い方だ。特に護衛空母ではそうだろう。

　しかし、船団を守るという任務を考えるなら、戦闘は船団そのものから離れた場所で行うべきだ。そうなれば、投機的な作戦を選ぶしかない。敵の指揮官は、そう考えたのだ。

　ただ、そうなると敵空母の選択肢は少ない。カサブランカ級の艦載機は三〇機もないのだから、攻撃に割ける戦力は限られる。さらに先制攻撃とはいえ、空母を襲撃するからには全力であたらねばならない。

　じじつ電探は、二〇機以上の航空隊の接近を告げている。

　まず、最上の長一〇センチ砲群が火を噴いた。一つの目標にめがけて放たれる二八門の主砲弾は相互干渉を排するため、発射タイミングがコンマ何秒かずれていた。

　そのため二八門から放たれた砲弾は横一列ではなく、奥行きを持った二次元的な位置関係を維持しながら敵編隊に向かい起爆する。つまり、砲弾群は航空隊に対して爆発した破片を面的に展開した。

　航空隊はこの弾幕に大打撃を受けたものの、全

滅はしていない。しかし、組織的な戦闘をできる
状態ではなかった。

　その敵航空隊に伊吹の戦闘機隊が殺到する。す
べての戦闘機が電探の情報にしたがって適切に誘
導され、効果的に敵機を撃墜していく。

　こうして敵機は一掃された。ここに彩雲があれ
ば一方的な砲撃も可能だが、いまは贅沢も言えな
い。

　着艦と整備補給を終えた伊吹の攻撃隊が出撃す
る。三次にわたる航空攻撃で五機の戦闘機、攻撃
機を失ったが、敵船団は空母を含めて全滅した。

「彩雲より入電、敵部隊が北西方面で動き出しま
した」

　あれだけ一方的に船団を攻撃すれば、敵も反撃
に出るだろう。

「よし、全部隊、南東に移動だ。敵に無駄足を踏
ませてやれ」

第1章　海軍一四試偵察機

1

その男が東京帝大航空学科の大竹《おおたけ》教授の実験室を訪れたのは、昭和一四年五月のことだった。

大竹教授の実験室は本郷ではなく、そこから離れた調布の畑の中にあった。もっとも、そこに向かっている海軍航空廠《しょう》の島田《しまだ》中佐には、このことはさほど不思議ではなかった。

なぜなら、調布周辺の土地は国に買い上げられ、飛行場となることが決まったからだ。

ここが飛行場になれば、航空学科にとっても悪い話ではない。飛行実験には便利だろうし、官民の航空関係者もさまざまな問題を相談しやすくなる。

島田が研究室に向かう途中、すでに畑の中からエンジン音が聴こえてくる。

それが飛行機のエンジン音なのは、航空廠の人間だけにわかる。ただ、エンジン出力は比較的低いと思われた。

「あれか」

実験室と聞いていたが、そこにあったのは倉庫のような建物だ。聞いた話では、あの土地建物は大竹教授の所有であるらしい。

教授自身は苦学して帝大に入ったが、奥さんの実家が酒の蔵元で、その支援でこんな真似ができるという。

そこは農家をそのまま転用して、納屋だけ拡張したのだろう。

玄関で来訪を告げても出てくる人間はいない。玄関扉には鍵もかけられていないし、中を覗き込んでも生活臭はない。なので、そのままエンジン音のする納屋へと向かう。

納屋は木造の小さな格納庫のような構造で、そこに太い角材で組んだ試験台に一〇〇馬力程度のエンジンが据えられていた。

エンジンは何か大きな構造物とつながっていた。その構造物には電動モーターがつながっており、そのモーターも稼働していた。

その場には五人ほどの人間がおり、それぞれがエンジンとモーターに連動したメーターを読み取っていた。

「すみません、電話した航空廠の島田ですが！」

島田の声を聞いたというより、部外者が現れたことで体格のいい若者が、棒を片手に近寄ろうとするのを初老の男性がとめる。

「島田さんですかぁ！」

男は大声で聞き返す。

どうやら轟音の中にいるので聞こえなかったらしい。島田がうなずくと、男は身振りで母屋に行けと示す。

島田が先ほどの農家に戻ると、作業服姿のまま先ほどの男が現れた。それが大竹教授だった。

「実験ですか」

「そのことで来たんだろ」

「まぁ、そうです。あれはZ研究機の実験ですか」

島田が尋ねると大竹はうなずき、近くの書棚から紙封筒を取り出す。そこにはZ研究機と書かれている。

島田は大竹から受けとると、紙袋の中身にざっと目を通す。その内容は彼がすでに知っているものだった。

「単刀直入におうかがいしますが、教授の構想は日本の航空機技術で実現可能なものですか？　日本からアメリカまで太平洋を横断し、一トンの爆弾を投下する航空機などというものが」

東京帝大航空学科の大竹教授は海軍航空廠とも関係を維持しており、海軍技官の多くを受け入れてきた。そうしたなかで教授が海軍に提出したのがZ研究機だった。

それは太平洋を横断する長距離爆撃機で、ジェット気流に乗り巡航速度毎時二〇〇キロで太平洋を横断、アメリカを空爆するというものだった。

ただし、帰路についてはいささか曖昧で、適当な委任統治領で再給油程度としか書かれていない。とは言え帰路はともかく、日本からアメリカを直接爆撃できるとしたら、その戦略的意義は決して小さくなかった。

それでも高名な大竹教授の提案ではあっても、内容を荒唐無稽と考える人間も航空廠には少なくない。そのあたりを確認するため、島田が派遣されたのだ。

「可能だというよりも、それ以外は無理だろう」

大竹は言う。

「どういうことでしょうか」

「単純な話だ。航空機の性能は速度、積載量、航続力のいずれかで測られる。速度と積載量はエンジン性能ですべて決まる。しかるに本邦のエンジン技術は欧米列強に比べて高くはない。

　実験室で画期的なエンジンを作ることは可能だ。しかし、有事にそれを何千何万と量産できるかとなれば、話が違う。

　それは一国の工業水準の話だ。我が国では金属材料の標準規格さえ十分に定まっているとは言いがたい。

　それでも住友とか川崎とか、大きな工場なら世界水準のものを作れるかもしれん。しかし、我が国の生産現場は家族経営の中小工場が大半を占めるのだ。その末端まで近代的工業技術の常識を周知徹底するのは容易ではないぞ」


　それは島田もわかっていた。海軍航空廠も日華事変と遭遇したことで、従来のやり方を変えざるを得なくなっていた。

　それまでは海軍航空廠が先端技術の開発を行ってきたが、それが海軍航空廠の仕事なのかという疑問が前線部隊をはじめとして各方面から出てきたためだ。

　一番の問題は、航空機の信頼性や稼働率、さらには補給などの問題である。これは文書の標準化から始まって航空機材料の規格化や検査法の合理化など多岐にわたった。

　つまり、行政機関である海軍航空廠がなすべきは自身の技術開発以前に、海軍から直接発注を受ける企業やその傘下の末端の町工場にまで現代的な工業現場の考え方を習得させることだった。

これに伴って海軍航空廠は商工省などとも連携し、小規模工場の統廃合なども行っていた。

言い換えるなら、海軍航空廠が行う技術指導とは、液冷エンジンの高速機開発などではなく、完全な互換性のあるネジとナットの製造法の指導こそ本筋ということだ。

そして、技術開発こそ帝大の航空学科に担わせ、そこに海軍の技術者を送る形に変更された。なので東京以外の各帝大でも航空技術学科の創設が準備されていた。

これには陸軍の協力もあった。協力というより、勢力圏の確定とも言えた。つまり、相手の人材の引き抜きはしないという紳士協定である。

大竹が言っているのは、つまりはそういうことだ。

大学の先端研究と日本の工業力のギャップが大きければ、研究室でいかに優れた機体が開発されても、実用機としてはまとめられないわけである。

ただ、島田には「だから、それしか可能性がない」という理屈が、よくわからない。そもそも高性能戦闘機と太平洋横断爆撃機では、求められる技術が違うではないか。

「先生は、いかなる根拠で太平洋横断爆撃機しか可能性がないとおっしゃるのですか？　技術的にはむしろもっとも困難だと思いますが」

「速度や上昇力には大出力エンジンが不可欠だが、本邦はその方面で出遅れている。しかし、凡庸な性能でも信頼性の高いエンジンは可能だ。

太平洋横断爆撃機は長時間飛行ができるかどうかで決まる。本邦のエンジン技術で世界最速の軍用機は無理でも、世界でもっとも長時間飛行する軍用機なら実現可能だ。つまりはそういうことだ」

「しかし、長時間飛ぶだけの飛行機で一トンの爆弾を搭載できますか」

「そんなことは簡単だろう。エンジンの数を増やせば積載量は増える。双発が難しければ四発、それでも駄目なら六発とすればな。

　重要なのは馬力じゃない、信頼性だ。馬力が多少低くても安定した運転が可能なら、四発機でも故障の心配は不要となる。私としては、六発を推したいがね」

「六発とは……」

「簡単な算術だ。エンジンを増やせば増やすほど機体の構造強度などの問題は難しくなる。それでも長時間飛行では、エンジンが故障する可能性は無視できん。軍用機だから攻撃の可能性も加味しなければならぬ。

　そこでだ、双発機でエンジンが一基とまった場合、出力は半減、五〇パーセントのマイナスだ。これが四発なら二五パーセントの減、六発なら一七パーセントだ。

　これが八発なら一三パーセント程度の減だが、さすがに八発は技術的に無謀だろう。数値も四パーセント程度しか改善しないし、確率的に八発なら一基は故障する確率が高くなる。

　全体の中でエンジンが一つ故障する確率と、故障した場合の出力減の兼ね合いを考えるなら、六発が最善だ。確率的に爆弾投下後の帰路で故障する可能性が高いが、燃料を消費し、爆弾を投下したあとでは一つ二つのエンジンが不調でも生還できるだろう」

　その理屈は島田には新鮮な話に思えた。

　多発航空機で、エンジンが故障することを織り込んで信頼性などを計算するという発想だからだ。もっとも、航空工学とはそもそもそういうものらしいが。

「先生は、この太平洋横断爆撃機は時速何キロを想定しているのですか」

「経済速度を飛行する必要があるからな、二五〇キロから三〇〇キロというところか。なので連続飛行時間は四八時間を想定している」

　その話に島田は、ある疑問を質さずにはいられなかった。

「その程度の速度でアメリカ本土を爆撃すれば、迎撃機に喰われてしまうのでは。九六式陸攻も護衛戦闘機なしでは、損害は馬鹿にならないのが現実です」

「もちろん、知っておるよ。ただし対策はある」

「あるんですか！」

　島田には信じがたい。そんないい方法があるなら、陸攻に応用すべきではないか。

「あるが、君が想像しているような方法とは異なるだろうさ。いいかね、爆撃機を守るにはいくつか方法がある。一つは防御火器の強化だが、実戦はそれが抜本的な解決策ではないことを教えている。

　あるいは、機体を装甲で覆って防御力を高める方法もあるが。そもそも重ければ飛行機は飛ばない。アメリカ上空まで飛んでいって、手榴弾程度しか投下できないなら意味はあるまい。

ならば戦闘機に勝る高速を出すという方法もあるが、議論の前提が戦闘機に関して技術的に劣勢という点からきているのだ。戦闘機に勝る高速爆撃機は無理だ。

だが、実現可能で敵戦闘機の攻撃を避ける方法がある。それはだ、成層圏爆撃機、高度一万メートル以上を飛行する爆撃機にするのだ。

この高度を飛行できる戦闘機はない。つまり、戦闘機のいない空をこの爆撃機は飛ぶのだ」

「高度一万メートルですか……」

確かに地上から一〇キロ上空を爆撃機が飛行したとして、それを迎撃できる戦闘機など世界中のどこの軍隊も持っていない。戦闘機が飛べない高度を飛行できるなら、爆撃機には防御火器も装甲も不要であろう。

それ以前に、地上から一〇キロ上空の爆撃機を発見するだけでも容易ではない。

最短距離は直上にある場合の一〇キロであり、それまではかなり接近していたとしても、地上からは数十キロの隔たりがある。とても目視はできないだろう。

もちろん、望遠鏡を使えば発見できるかもしれないが、どこを飛んでいるかがわからなければ、望遠鏡を向けるべき方位も角度も定まらない。

そんなことを考えている島田に、大竹はたたみかけるように言う。

「高度一万メートルを飛行する六発爆撃機。あるいは君には荒唐無稽に思えるかもしれん。しかし、日本の航空技術で欧米列強に勝てるものは何かといえば、航続距離だ。

安定した出力で長時間駆動を可能とするエンジンなら実現可能だ。そのエンジンを基本として利用するなら、積載量を確保するために六発は必要だ。そうなれば、必然的に爆撃機の大きさも決まる。

それでも積載量を最低限にするには武装と装甲を排除する必要がある。ならば、敵機の来ない高度一万メートルを飛ばねばならん」

「しかし、高度一万メートルでは酸素は希薄で気圧も低い。気圧が低すぎれば、人体は酸素ボンベで酸素を吸引することもできません。純粋酸素でも高度八〇〇〇メートル以上では呼吸ができない。それはどう解決するのですか」

「そのための実験をしていたのだが、気がつかなかったかね」

大竹はあごで納屋のほうを示す。

「理屈は単純だ。高度一万メートルの空気密度は地上の約二五パーセントだ。だから、空気密度を四倍に上げれば必要な酸素濃度は確保できる。

具体的にはタービンポンプを使う。エンジン排気を用いる排気タービンが自然だろうが、空気の圧縮に専念するなら電動モーターでポンプを稼働するという方法も考えられる。

大型ポンプ一つのほうが効率的だし、戦闘機ならまだしも成層圏爆撃機なら、そうした選択肢も考えられる」

島田はその構想に感銘を受けた。

じつは島田が大竹のもとを訪れたのは、年度予算の立案のためだった。

大竹の提出した「長距離爆撃機による米本土空襲能力の可能性」というレポートは、肝心な部分に曖昧な点が多かった。ただし、いくつかの添付資料についてはなにがしかの実験データがなければ書けないたぐいのものであり、絵空事とも言えなかった。

それはどうやらレポートの性質上、海外の研究者の目にも触れるとの前提から、意図的に重要部分を秘匿しているように見えた。

そこで、島田がその内容を大竹本人に確認に訪れたのである。

島田から提出された書類なら機密管理は、より厳格にできる。それを理解しているからこそ、大竹はここまで詳細に構想を語ったのであろう。

それでもいくつかの疑問は残った。

「アメリカ西海岸まで飛行できる爆撃機とのことですが、帰還はどうするのですか」

大竹はそんな話をいまごろするのかと、いささか驚いた表情を見せた。

「サンディエゴの軍港まで飛行できる爆撃機というのは、ハワイの軍港を攻撃できるということだよ。ハワイを空襲後、空荷で帰還するなら問題はあるまい。これが、回答その一だ」

「ほかにも解決策が？」

「あるよ。片道切符の飛行機など技術の人間として開発できまい。解決策はもちろん検討されている。回答その二としては、アルゼンチンなりブラジルなり、中南米諸国を友好国として着陸地を提供してもらい、そこで燃料補給の上で日本に帰国する方法だ。

ただ、これは物理的に可能ということであって、政治的な諸問題を解決する必要がある。これは我々ではどうにもならない」

「確かに外交が中心となりますな。しかし、日米戦争で日本の爆撃機が米本土を攻撃しているなかで、中南米諸国にとって飛行場を提供するのはアメリカに宣戦布告するようなものですから、実現は困難でしょうな」

島田も、大竹がこの案をそれほど真剣に検討しているものではないことは理解できた。

「回答その三はだ、ミッドウェー島を開戦劈頭《へきとう》で占領し、そこを給油基地とする場合だ。この場合は、島と米本土の間の往復となる。真珠湾をも制空権下に置ける。

ただまぁ、この案にしても我々だけでは決められない。軍令部の職掌だが、中南米に基地を提供してもらうよりも現実的だろう」

「もっと技術のみで解決する案はありませんか」

ミッドウェー島なんてどこにあるのか島田も知らないが、爆撃機の運用に敵の島を占領する必要があるというのでは、開発計画を進めにくいのは明らかだ。

「回答その四が技術的解決策だ。爆撃機の改良機で空中給油機を作る。これが委任統治領から飛行し、作戦中の爆撃機に燃料を補給し、作戦にあたる。

こうすれば西海岸だけでなく東海岸をも爆撃できる。作戦を終えた機体は委任統治領の飛行場に着陸もできるし、二度目の空中給油で日本本土に帰還することもできる。

実機が未完成だから推測にならざるを得ないが、西海岸攻撃なら日本本土から出撃し、一回の補給で日本に戻れる。

東海岸なら委任統治領から出撃し、作戦終了後に米本土上空、おそらく西海岸で空中給油を行う必要がある。もっともこのへんはどの段階で空中給油を行い、委任統治領に着陸するのか、日本本土に帰還するのかでも違う。

いずれにしても、どこかを占領する必要はない。委任統治領や本土で運用できるわけだ」

空中給油機という発想は島田にはなかった。しかし太平洋渡洋爆撃は、空中給油機があれば実現性は大きく前進するだろう。

「具体的に飛行機を飛ばす計画は？」

大竹の提出したレポートには、そうした飛行機の必要性が記されていた。

ただ、それについても記述は曖昧であった。新機軸を取り入れた爆撃機を実現するには、順を追った検証機が必要とあるだけだ。

「偵察機だな。単座の偵察機を試作する。長距離飛行ではなく、高度一万メートルを飛行するエンジンと与圧区画の開発が優先される。これが成功すれば、次のハードルはかなり下げられる」

「本当にそんな飛行機が開発可能なのでしょうか」

島田は太平洋渡洋爆撃機のような荒唐無稽に思える構想では、それほど開発計画に疑問を覚えることはなかった。しかし、より具体的な話になった時、本当にそれが可能なのかが不安になってきた。話が彼の理解できるところまで降りてきたためだろう。

「不安はある。しかしだ、できることだけをやっていては、帝国の航空機技術は停滞したままではないか。違うかね？」

島田にそれを否定するという選択肢はなかった。

2

昭和一五年五月、追浜。

大竹教授の提案した偵察機は一四試偵察機として予算がつき開発が始まったが、この開発計画にはいくつか通常とは異なる開発方法がとられていた。

一つは、大竹の研究室に海軍から研究費が出されたことである。そして、開発自体は大竹研究室の研究機として、研究室からメーカーに試作が依頼されるという複雑な経路をたどった。

理由の一つは、太平洋渡洋爆撃機のような計画が進行していることを欧米列強に知られないためだった。

メーカーはマークされていても、研究室は意外にマークされていない。それに、仮に研究室をマークしても「まだ研究室段階である」と判断されたなら、欧米の想定よりも数年早く戦場に投入することが可能となる。

理由の二つ目は、最初の理由と若干矛盾するようにも見えるのだが、開発までに試行錯誤を覚悟しなければならないことだ。

既存の軍用機に一つ二つ新機軸を織り込むのではなく、まったく新しいカテゴリーの航空機なのだ。一つ一つ手探りで検証すべき問題も多い。

その具体的な形が、いま追浜の飛行場に置かれている飛行機だった。

全長一三メートル、全幅二七メートルというテーパーの大きな機体にもかかわらず、エンジンは中島の栄エンジンをベースとした特別なものが一基だけという単発機だったのだ。

「先生、本当にこれは飛行可能なのですか」

海軍航空技術廠の島田が大竹教授に問う。

海軍航空廠は海軍航空技術廠と名前を変えていたが、島田と大竹の関係は変わらなかった。だからこそ彼はぶしつけにも聞こえる、そうした質問をしたのである。

島田がそう思ったのはほかでもない。その飛行機は左右両翼がたわみ、翼端が滑走路に触れかねない有様だったのだ。それが地面に触れていないのは、小さな乳母車のような台車で支えられているからだ。

「主翼が燃料タンクになっているからな。長時間の飛行を行うから大量の燃料を積まねばならんが、重心の変化を最小にするには翼内燃料タンクが一番だ。

そうなると主翼は重くなり、地上では支える必要がある。だが、離陸さえすれば主翼は揚力で支えられる」

「こんなに主翼がたわんで燃料は漏れないんですか」

「主翼内はいくつかのタンクに分割されている。それにタンク内は特殊なゴムで内張りされているから、主翼の継ぎ目に隙間ができても燃料は漏れん」

島田は海軍航空でも軍政面が主で、技術面はそこまで詳しいわけではなかった。それでも、この飛行機には多数の新機軸が導入されていることは知っていた。

「たわんだ主翼は揚力で真っ直ぐになるとしても、強度は大丈夫なのですか」

「戦闘機じゃないんだ。そんなに無茶な運動はせんよ。これは超高空を長時間飛行するための試験機だ。ここから一四試偵察機に仕上げていく。しかし、強度はちゃんと計算した」

「結構面倒な計算になると思いますが、タイガー計算機で何千回もハンドルを回したんですか」

「それをやりたくないから別の手段を考えた」

大竹は声をひそめたが、島田は主翼の構造のほうこそ声をひそめるべきではないかと思った。

「タイガー計算機は歯車で数字を計算する。数値を指数で表現すれば、掛け算も割り算も指数の加減算で処理できる。対数表は必須だが計算自体は加減算で可能だ。ここまではいいか？」

「ええ、その程度のことはわかります。自分はこれでも海大を出ておりますから」

「ならいい。最初はタイガー計算機にモーターをつけて高速回転させようと思ったが、それでも数字を設定しなければならん。それもなかなか面倒だ。

我々に必要なのは、高速計算だけでなく自動性だ。我々が寝ている間に必要な計算を終わらせてくれるなら、そこまでの高速性能はいらんわけだ。

もっと言えば、計算の自動化ができるなら、我々が歯車に数字を設定している間も計算は中断しない。それで、島田くんは素粒子物理学について知っているか」

「素粒子……存じませんが、飛行機と関係あるんですか」

島田には大竹が何を言いたいのか、どうも見えない。どこから素粒子の話が出てくるのか？

「仁科《にしな》博士という科学者がおるのだが、素粒子の数を計測するのに真空管を用いた電子回路で行っているそうだ。高速の素粒子を計測できるものは真空管くらいしかないからな。

それで考えた。数を数えられるなら、加減算もできるはずだと」

「できたんですか」

「だから、この主翼が完成した。そのための計算機に使用した真空管は二〇〇〇本だ」

「二〇〇〇本も！」

「たったの二〇〇〇本だよ。日華事変の影響で海軍の名前を出しても、そうそう真空管は手に入らんのだから。

ここだけの話だが、香港や上海経由で外国製のものを手に入れた。同じ性能のもので数をそろえるにはほかに方法がない」

確かに島田も、大竹の研究室がラジオ部品の名目で海外からいろいろな材料を購入しているのは知っていた。

外貨の足りない昨今、どうやってそんな真似をしたのか知らないが、大竹には海軍や陸軍の謀略畑の人脈があるとの噂も聞く。このあたりは深く追求しないほうがよさそうだと島田も考えた。

「ともかく、真空管の削減が大原則だ。だから計算は二進数で行う。これなら真空管の数は一〇進数を使うより大幅に減らすことができる。

計算結果も二進数で表示されるが、それこそタイガー計算機で簡単に変換できる」

「二進数はいいとして、どうやって……なんと言いますか、機械に計算するための数字を教えるのですか」

大竹はその質問を待っていたのか、相好を崩す。

「配電盤のようなものを用意してな、そこにスイッチをたくさん並べるのだ。一列二〇個で、そんな列が三二ある。そのスイッチの開閉を数字の〇と一に対応させれば、数字を表現できる。

二〇個のうち一六個が数値そのもの、四個が演算子の種類を意味する」

「二進数で四個なら、演算子は一六種類ですか」

「単純計算ではそうだが、何もしないという演算子と計算を終了するという指示があるから、実質的には一四種類だ。

そもそもこの計算機は、真空管による数値を記憶する機構が二つと、計算結果を表示するためのオシロスコープが一つある。電球では計算結果の表示に追躡《ついじょう》できないからな。球切れも起こすのでオシロスコープのほうがいいのだ。そのまま波形を紙に記録できるからな。

でだ、演算手順の流れは単純だ。そこの配電盤に設定した数字を読み込み、指定した演算子を通過させた後に、記憶装置に結果を記録する。その結果は、必要に応じてオシロスコープの表示機に送るわけだ。

演算子と言ったが、君には演算とは思えないものもある。記憶装置のどちらかが〇になるまで同じ作業を繰り返す。そんな演算子もあるからな」

「タイガー計算機で割り算をする時に計算が終わったらベルが鳴りますけど、あれですか？」

「発想はあれだな。ともかくその計算機のおかげで最適な設計ができたのだ」

島田はそこで、ふと思ったことを尋ねる。

「その計算機は弾道計算にも使えますか？」

「弾道表を作るなら使えるはずだ。基本、タイガー計算機にできることはすべてできる」

「いえ、そうではなく、射撃盤のような計算です」

大竹はしばし考える。

「計算部分に関してはできるはずだが、構造はかなり変えねばなるまい。オシロスコープから読み取る方式では、実用的なものにはなるまいて」

そうしている間に実験開始時間となる。

体格のいい助手らしい二名が左右両翼を持ち上げて水平にすると、エンジンがかかる。乳母車のようなものはあくまでも主翼を静止状態で支えるだけのものらしい。

偵察機はゆっくりと加速を始めるが、助手たちもそれにあわせて翼端をつかみながら走り始める。最初は人間も飛行機に合わせられたが、やがて限界に達すると助手たちは同時に手を離す。

すでに翼の揚力で主翼は水平になっていた。そうして偵察機の試験機は上昇していった。

3

昭和一五年五月、調布。

「これですか……」

海軍技術研究所の小坂井《こさかい》技術少佐は、調布にある大竹教授の研究室でその計算機と直面した。研究室には、海軍航空技術廠の島田中佐に案内されてきた。

島田が彼を案内してきたのは、大竹が成層圏偵察機を開発するための道具として作り上げた真空管式の計算機を見てもらうためだ。

大竹にとって計算機は高速算盤程度の認識でしかないようで、本来の計算目的のために役に立てばそれでいいというものだった。そのため、大竹研究室の一部の人間以外には使いこなせない代物だった。

しかも計算の必要性によって（なのか追加予算の関係なのか）計算機は頻繁に改造されていた。配電盤のような計算手順を示すスイッチ盤も最初の三二段から、いまは九六段に増えている。

しかし、使い方がわからないのは変わらない。幸か不幸か、真空管は四〇本ほど追加されただけにとどまっていた。

「技研には、こんなものはないだろう」

大竹はいささか誇らしげに言う。

「ありませんね。一般的には方程式を電子回路に置き換えて、抵抗値や電圧の変化によってメーターの振れ方がどうなるか。そうしたことで計算結果を得るのですが、これはそもそも発想の前提が違いますね」

小坂井技術少佐は本体をざっと見ると、それ以上の熱心さで技術資料に目を通す。大竹教授も将来的に論文にするつもりだったのか、数冊のノートに詳細が記されていた。

「たぶん、これで射撃盤を開発するとしたら、二つのやり方がありますね」

小坂井はノートを読みながら、自分が持参したノートに何かを書き始める。

大竹はそれをとめようとはしない。むしろ、小坂井のやってることに興味を持っているようだ。

「まず大前提として、大竹先生の計算機は汎用的に作られているので、そのままでは射撃盤や高射装置に無駄が多い。決してけなしているのではなく、汎用性とはそういう性質のものだということです。

だから即応性と信頼性を求めるなら、高角砲や艦砲に特化した構造にする必要がある。まず軍艦の主砲の場合、敵艦の距離や方位だけでなく、地球の自転も加味する必要がある。そうした計算項目の多いものは、比較的汎用性の高い計算機になると思う。

一方で、即応性が求められ、なおかつ至近距離での戦闘が行われる高角砲や機銃なら、計算に必要な要素は少ないから、対数表のようにあらかじめすべての要素の組み合わせについて、この計算機で計算をしておいて、その結果を高射盤や射撃盤から読み取らせる。それが現実的ではないだろうか」

その話は明らかに艦載兵器の話であったが、島田は別のことを考えていた。

「戦闘機の照準装置なら、どうだろうか」

島田は比較的軽い気持ちで尋ねたのだが、小坂井は考え込む。

「考えねばならない要素は二つある。標的となる敵機の動きと戦闘機自体の状況把握が必要だ。ただ敵機に関しては、後ろについて距離も合わせられるとすれば、敵機の方向や速度は自分と同じと言える。

そうなると、自分の機体の状態を計算機が把握している必要がある。たぶんジャイロを搭載して、そこからＸＹＺの三軸で加速度を積分して距離や速度を求めれば、なんとかなるか」

「計算はそうだろうが、操縦員に計算結果をどう表示する？　距離が一定なら磁気コンパスのように射撃方向を示すか？」

「そうだな。狙うべき方位を電球で示して、操縦員は照門の中心にその電球をとらえるようにすれば、とっさの反応として命中率を上げられるのではないかな。

そうなると、ジャイロだけじゃ駄目だな。方向舵やエルロンの動きも読み取って計算することになる。どこに向かって操縦させようとしているかの情報も必要だ。となるとだな、戦闘機の設計は根本から変えねばならん」

島田から見て小坂井技術少佐は不穏なことを口走る。

「根本から変えるとは、どういうことか」

「航空無線の相談を受けた時にも感じたのだがな、本邦には飛行機の設計者がいない。そこから変える必要がある」

「何を馬鹿なことを言っているんだ。飛行機の設計者がいなければ、海軍や陸軍の航空機はどこから生まれたと言うつもりだ？」

島田には小坂井の主張は理解不能だったが、彼もそれはわかっていたのか改めて説明を始めた。

「陸軍は知らないが海軍機は、機体の設計者が飛行機の設計者と混同される。しかし、それがそもそも間違いのもとだ。機体設計者は機体の設計者であって、飛行機の設計者ではない。

たとえば無線機だ。航空機用無線機は単独では正常に作動する。しかし、機体に実装すると雑音で使い物にならない。

これは技術的には解決可能な問題で、じじつ外国の飛行機では普通に無線機を使っている。海軍の無線機についても、我々が関わったものは改善がなされている。

ただし、問題の本質はそこじゃない。飛行機全体で見れば機体さえ部品の一つだ。一番大きな部品ではあるが、部品は部品だ。全体じゃない。

しかるに飛行機の設計者は大きな部品ではなく、機体全体を見なければならない。ここが機体の設計者と飛行機の設計者の違いだ。飛行機の設計者がちゃんといたならば、海軍機で無線機の不調など、そもそも起こらなかっただろう。

それで照準器に話を戻すなら、飛行機のコンポーネントと連携して照準に必要な計算を行うならば、そこには機体設計者ではなく、全体を俯瞰《ふかん》して調整する飛行機の設計者が必要だ」

「技術少佐の意見にしたがうなら、海軍の戦闘機には新機軸の照準器は載せられないことにならないか？」

空技廠の人間として、ここは島田も看過できない部分である。

「載せられないとは言わないが、飛行機全体の開発に責任と命令権を持つものがいない状況では、航空機技術が向上すればするほど全体をまとめあげるのは困難になる。

日本が航空機技術で世界に勝とうというなら、開発体制は変えねばなるまい」

海軍技術研究所の立場ではそうかもしれないが、島田の立場では簡単には首肯できない問題だ。つきつめると、これは開発体制の政治問題なのである。

とはいえ、島田は技術者ではないとしても小坂井の主張に合理的な点があることは理解できた。さらに、小坂井の言う照準器は戦闘機に革命をもたらすだろう。開発体制の問題のためにこの研究をとめるのは間違いである。では、どうするか？

「いま一四試艦上戦闘機が試験中だ。その試作機の一機か二機を照準器用の実験機にしてはどうだろうか？

制式前の飛行機を、照準器開発を中心に組み直す。もちろん飛行機設計者を置いて、その采配で開発を進めれば……」

「自分は空技廠の人間ではない。飛行機の手配まではわからないが、すでに開発が進んでいる機体では、改造するにしても新規開発と同じくらいの手間がかかるのではないか。重要なのは新しい開発手法だ」

小坂井技術少佐は、そこは譲らなかった。確かに問題の本質は照準器そのものではなく、開発体制の問題であるなら、何かを開発するなかで開発体制の実証する必要がある。

「新規で戦闘機開発と言われてもなぁ。機上作業練習機を更新するとしても照準器には合わない。

そうなると、やはり戦闘機か……」

「海軍には戦闘機は一種類だけなのか？　局地戦とかいくつか種類があると聞いたが。まぁ、素人の意見だがね」

大竹の指摘に島田は閃いた。

「水上戦闘機があった！」

4

昭和一五年七月、空技廠。

大竹教授が珍しく島田を空技廠に訪ねてきたのは、七月のことだった。

成層圏偵察機の実験は順調に進んでいた。長時間の飛行をするものの、本当の意味での新機軸は、じつは与圧区画であって飛行機そのものではなかった。

島田は空技廠にある会議室に大竹を招くと、自らコーヒーを用意する。

最高機密の飛行機開発であり、大竹はこの方面では有名人であるため、できるだけ人目につかないようにしたいわけだ。正直、空技廠に来られるのも困るのである。

「実験は順調とうかがっていますが、いかがですか」

一四試偵察機を開発するための実験機という複雑な立場の試験機は、あれだけ華奢《きやしや》な機体にもかかわらず、実験で壊れることなく、試験飛行を重ねていた。すでにZ研究機という名称も与えられている。

「あぁ、技研の小坂井くんのおかげで、無線の性能も著しくよくなって実験は順調だ。中高度での与圧区画の実験も長時間飛行の実験も終わった。

次から、いよいよ世界最高峰に挑むことになる。そこで問題が起きた」

「実験が順調なのに問題が起きた」

「いや、お恥ずかしい話だが、完全に見落としていた問題があった。高度一万を超えて飛行するとしてだ、機体がどこを飛んでいるのか地上からはわからんのだ。

望遠鏡で追尾することもできなくはないが、一度見失えば発見するのは容易ではない。もちろん無線機で、望遠鏡で捉えられる地点に移動してもらえば捕捉は可能だが、それでは実験が進まん」

「発煙筒か何かを灯してもらえば？」

「何を言ってるんだね、島田くん。この飛行機は海軍の最高機密だぞ。

発煙筒なら発見は容易になるが、高度一万だと半径三五〇キロの範囲で視認可能だ。帝都全域で観測できるなら、諸外国の武官に日本は高度一万を飛行する新兵器を開発していると宣伝するようなものではないか」

「あぁ、そうですなぁ。なら、機体から電波を出して追尾するとか？」

「電磁波の波長が可視光域から電波になっただけだ。上空からの電波の存在に気取られたら万事休すだ」

「それでも解決策があるから、こちらにいらしたんですよね」

島田の予想通りだった。

「技研の小坂井くんと話していて、一つの解決策を見出した。飛行機に発信機を載せるのは重くなるし、活動を気取られる。

しかし、地上から電波を照射して、その反射波を受信するようにしたら反射波は送波より弱いし、感知できる時間も短い。まず部外者には察知できない。

そこに飛行機があることを知ってる人間以外は存在に気がつくまい。常時電波を出しているわけではないからな」

大竹は名案を述べているような態度であったが、島田にはいまひとつわからない。

「いまの話なら飛行機側で定期的に一秒くらい電波を送信すれば、部外者にはやはりわからないのではないですか」

「いや、それでは駄目だ。反射と送信では意味が違う。地上から追尾するための電波なら全方位に送信する必要がある。発見確率はまるで違う。

それにだ、送信時間を仮に一分ごととする。ここで飛行機が毎時一五〇キロの速度で進んでいるとしても、一分の間に二キロ半も移動してしまう。

もし機体が事故で失われるとしたら、捜索範囲はそれだけ広がる。事故前に送信機が壊れていたとしたら、捜索範囲は数十キロに及ぶだろう。

反射波を利用するなら、そんなことはない。墜落した場所は、すぐに特定できる」

大竹は近くの紙に鉛筆で図まで描いてくれた。

「まぁ、原理はわかりましたが、設計などはできているんですか」

「それは小坂井くんがまとめている。そんなに大がかりなものではない。物置小屋に八木アンテナを並べる。小屋は旋回できる。それにより方位を自由に変えられる」

　大竹は紙にそんな図を描く。

　それも広い意味では電波兵器なのだろうが、島田の記憶ではいまだかつてこんな不細工な機械を見たことがなかった。

「じつは、小坂井くんはこの装置の基礎実験は行ってきたんだ。ただ、本格的な電波兵器にまとめあげるのは今回がはじめてとなろう。空技廠から予算がおりればだが……」

「つまり一四試偵察機の予算から、そのなんですか、電波探知機のようなものの開発費を出せと？」

「新規に稟議書をまとめて予算申請をしていれば、時間がかかるだろう。昨今の国際情勢を鑑みれば、そうした無駄な時間を費やすわけにはいくまい」

　大竹教授は毀誉褒貶《きよほうへん》の激しい人物であったが、なるほどこれなら敵も味方も多かろうと思った。ただ、島田はその電波探知機の効用はすぐに理解していた。

　これからの海軍は、基地航空隊を中心とした航空戦力が勝敗の鍵を握るだろう。そうなると陸上基地の防衛が重要になる。

　その時に遠距離から敵機の接近を把握できる探知機のようなものがあれば、奇襲を防ぐことも可能なら、逆にこちらから罠を仕掛けることも考えられる。

「確かに一四試の研究費の追加でそれを製造するのは可能ですが……」

　大竹には言っていないが、航空本部長をはじめとして一四試偵察機にかける海軍の期待は大きかった。

　大竹の思惑とは裏腹に、大砲屋や水雷屋が中心の海軍では、太平洋横断でアメリカ本土空襲などという構想を真面目に考える人間は、ほぼいなかった。

　しかし、日本から真珠湾を偵察し、米太平洋艦隊の動きを探れる偵察機については強い関心が持たれていた。

　敵艦隊の針路上に偵察機が張りつき、敵に気取られずにその動向の監視を続けられるなら、敵艦隊が本土に接近するなかで、待ち伏せた潜水艦により大打撃を与えることが可能となる。

　そうなれば敵艦隊は艦隊決戦前に戦力を著しく喪失し、連合艦隊の前に壊滅してしまうだろう。

　そうしたシナリオを海軍首脳は描いていたのだ。

　だから、島田の采配で必要な予算を確保するのは難しくない。

　ただ一四試偵察機の名目で、あれもこれもと請求されるのは、どうなのかとは思う。だが、大竹の要求はそれだけではなかった。

「これに関連してニッケルを手配したいのだが。つまり、真空管にはニッケル電極が必要だろ」

「ちょっと待ってください、教授。予算はまだしも、ニッケルの手配なんか小職の職域外の話ですよ！」

「知ってるよ、それは。別に島田くんにニッケルを手配しろとは言っていない。時局を考えれば、島田くんといえども、そう簡単には手に入るまい」

「では、どうするつもりです？」

　大竹はここで意味ありげに笑う。

「あまり詳しいことはここでは言えんが、香港やシンガポールに行けばニッケル貨が手に入る。商売をして、代金をニッケル貨で精算してもらえるなら、必要なニッケルは手に入る。

何を売るかの手配は児玉《こだま》くんともついている。貴殿には、これこれの荷物は海軍の機材であるという書類を一筆お願いしたいのだよ」

児玉が何者か知らないが、どうも話がきな臭い。素直に解釈すれば、大竹は密輸か何かでニッケルを手に入れようとしていて、そのために必要な書類を島田に手配させようとしているとしか思えない。

「それは密輸か何かではないのですか」

「それが密輸なのかどうかは立場で違うだろう。ただ、重要なのはそんなことじゃない。海軍は一四試偵察機が重要だのなんだのと言うが、必要不可欠な資源の提供にはほとんど力になってくれないではないか。ニッケルもタングステンも、すべて大砲やら魚雷やらに優先され、航空機にまでまわってこない。

それでもだ、この飛行機は開発されねばならん。海軍が頼りにならんのなら、密輸をやってでも資源を確保しなければならないだろう。

泥は私がかぶると言っているのだ。書類くらい手配してくれてもいいだろう」

大竹にそこまで言われては、島田も拒否はできない。しかし、それでも島田自身は泥をかぶる覚悟はなかった。あくまでも彼は能吏《のうり》を目指していたからだ。

「わかりました。必要な書類は用意します」

第2章　海軍某大事件

1

海軍技術研究所の小坂井技術少佐のもとに、連合艦隊司令部より吉田《よしだ》参謀が訪れたのは、昭和一五年一一月初旬のことであった。

この時、小坂井らは猿島の海岸にいた。実験区画は閉鎖されていたが、海岸には小屋が建てられ、その横に餅網のような配列の八木アンテナが支柱に取り付けられ、モーターで旋回していると吉田も説明を受けていた。

吉田の来訪はあらかじめ小坂井に伝えられていたが、小坂井からの指示は「内火艇にて海岸より上陸されたし。時間は自由」であった。

猿島には桟橋もあるのに、どうして海岸なのか？　そもそも時間は自由とはどういうことか？　吉田にはそこが疑問であったが、ともかく指示にはしたがった。

吉田が港に行くと内火艇が用意されていた。内火艇としては小型のものだが、船には先に針金の籠のようなものをつけた竹竿が掲げられていた。

どうやら、これは実験らしいと判断した吉田は、夕方まで時間を潰し、夜になり始める頃、猿島を迂回するような航路で問題の海岸に向かう。

猿島まで外洋側から二キロという地点で、完全に夜になった。そうしたなかで吉田参謀の乗る内火艇は、猿島から探照灯で照らされる。

「なんだ！」

吉田は小坂井の電波探信儀の研究について自分なりに理解していたから、何が起きたかはすぐにわかった。

自分たちの内火艇は電波探信儀に発見され、その方位に向けて探照灯が灯されたのだ。

これが主砲であったなら、自分たちは一方的に攻撃され、撃沈されていただろう。そうしたことを考えるのに、それほど多くの想像力は不要である。

もちろん、砲戦はそこまで単純なものではない。探照灯で照射できても、それがそのまま砲弾の命中につながるとは限らない。しかし、この技術の延長には電波探信儀による射撃術はあり得るだろう。

そうでないとしても、現状でもこの装置の可能性は小さくない。

海軍は夜襲に注力していたが、夜戦において駆逐艦などが敵戦艦を探照灯で照射し、それに対して味方戦艦が砲火力を集中するという戦術があったためだ。うまくすれば、夜戦でのアウトレンジ砲戦も不可能ではない。

吉田はすでに上陸前から興奮を抑えられなかった。しかし、とりあえずは最初の用向きを忘れないようにしなければならない。

海岸にはドラム缶を並べた筏《いかだ》のような仮設桟橋ができている。内火艇はそこに横付けし、吉田は降り立つ。

施設周辺には照明が灯され、小坂井技術少佐の姿が見えた。

「いかがですか、我々の出迎えは」

小坂井は自信ありげに吉田を迎えた。

「いや、驚きました。あれが砲撃なら、我々は木っ端微塵だった」

吉田は海岸の探照灯を指さす。それは駆逐艦用の比較的小型のものだった。

「射撃用に用いるには技術的に解決しなければならない問題点が、まだ多い。測距はいいのですが苗頭《びょうとう》が甘い。

大口径の高角砲で敵機を撃墜するなら、それでも実用化できるかもしれません。苗頭の甘さを砲弾の大型化で補えますから。艦砲だと、そうもいかない……。まぁ、脱線ですな。こちらへどうぞ」

小屋に案内されるとテーブルがあり、食事が用意されていた。冷めてはいたがカツレツで、どうやら横須賀から運ばせたらしい。

これならもっと早く来るべきだったか、吉田はそんなことを思った。

「それで、電波探信儀を船舶に搭載したいとのことでしたが」

食後のコーヒーをたしなみながら、小坂井が切り出す。

じつのところ電波探信儀については、基地の防衛には有効という点では意見の一致を見ていたが、艦艇への搭載については意見が分かれていた。

夜襲の切り札という意見もあれば、自分から電波を送信するような装置では奇襲ができないという意見もあった。

それでも軍港への配備については積極的に行われてきたが、艦艇への搭載は電波探信儀の装置が大きすぎることもあり、ほとんど進んでいなかった。

用兵側はそのような認識だが、技術側は艦艇への搭載を目標としていた。そのため「艦艇に搭載できないか」という吉田参謀の問い合わせを小坂井が重視したのも理解できる。

だからこそ、これだけの過剰演出になったのだろう。吉田は状況をそう解釈した。

「はい、そのための意見をうかがいたい。単刀直入にうかがいますが、電波探信儀は伊号潜水艦に搭載可能でしょうか」

「潜水艦に……電探を？」

予想通り小坂井は吉田の質問に驚いていた。

「積めば積むことはできますが、何をするんです？」

「何をとは？　電探は敵を察知するのでは？」

吉田には小坂井の質問の意図がよくわからない。なので、小坂井はわかるように説明する。

「水上艦艇を探知するのか、飛行機を探知するのか。それによって電探の構造も変わるのです」

それは吉田がまったく考えてもいないことだった。

電探は電探ではなかったのだ。用途によって電探も違う。確かに艦砲でも、主砲と高角砲では運用は違うが大砲の原理に違いはない。

「両方を探知できるものはできないのか？　大竹先生のところでは、偵察機を追跡していた電探が近海を通過する戦艦の姿を捉えたが」

「あぁ、それですか。確かにそういうことはありました。ただあれはいくつかの条件に恵まれたものですからね。

　はっきり言いまして、水上艦艇を発見するための電探のほうが、航空機を発見するための電探よりも技術的に困難です。それだけに信頼性にも関わる。

　潜水艦であれば対空警戒こそ重要ですから、対空用の電探を載せることが重要とは思いますが」

　吉田はそのことを考える。そして尋ねる。

「対空用の電探で水上艦艇を発見することの問題点は？」

「波長が長いので波濤《はとう》と艦艇の識別が難しい。さきほどの事例は近距離で戦艦だから探知できたが、あの時は戦艦も目視できた。しかし目視できる距離なら、電探の効用はないでしょう」

「目視できないくらい遠くの艦艇を察知するとしたら？」

「まず夜間なら電探は意味があるでしょう。索敵はともかく、友軍部隊が移動する時に衝突防止には使えますか。

　あとは相手が艦隊規模、つまり大きな存在なら探知可能ですが」

「なら、それでいい！」

　吉田としてはそれが確認できれば十分だ。

「艦隊しか探知できなくていいんですか」

「いや、艦隊が探知できることこそ重要なのだ」

「艦隊の探知？」

　吉田は声をひそめて小坂井に言う。

「貴殿にだけは教えるが、他言は無用だ。ＧＦ（連合艦隊）はハワイ奇襲を検討している。そのためにはハワイの敵艦隊の動向を探る必要がある。

甲型潜水艦には偵察機が搭載されているが、そんなものを飛ばせば敵にこちらの意図を気取られる。敵に発見されずに敵艦隊の動向を察知するには電探が適切なのだ」

「なるほど。しかし、真珠湾の偵察なら大竹先生の偵察機で十分では？」

「偵察機はもちろん飛ばす。しかし、偵察機だけでは不十分だ。天候の影響も受けるし、精密な分析には写真分析が必要だ。即時の分析は難しい。目視も可能だが、超高空では限度がある。

それに偵察機では敵艦隊を攻撃できない。

前提として、日米は交戦状態にあると考えてほしい。潜水艦なら敵艦隊に攻撃を仕掛けられる。あるいは、偵察機の情報で潜水艦部隊が敵艦隊を待ち伏せる戦術も可能だ。そうした点からも潜水艦に偵察能力は重要だ」

「そういうことですか……」

小坂井技術少佐は、やおら近くのノートにスケッチを始める。

「おそらく電探のアンテナは潜望鏡の上に装備することになります。敵駆逐艦が二〇ノットで移動しているとして、電探の有効半径が一八キロなら、敵が到達するまでに三〇分かかる。

その三〇分の間に潜水艦は潜航し、四キロ弱移動できる。水中探信儀の有効範囲は二キロ程度だから、敵に発見されずに触接を保てる。

敵がいなくなったかどうかは、アンテナを水面より上にあげて、周囲を確認すればいい。それが夜襲なら電探のほうが有利です」

「なるほど。それはいい！」

　吉田は素直に感心したが、小坂井はむしろ先ほどより難しい表情を見せている。

「どうしました、小坂井さん。難しい顔をして？」

「いえ、これでは問題は解決しないのですよ。駆逐艦が万が一にもその近くにとどまっていたら、どうなるか？

　ハワイの米太平洋艦隊を監視するとなれば、米軍の大規模拠点です。警戒は厳重と考えるべきです。そうなると、複数の駆逐艦が潜水艦に対する阻止線を形成することだってあり得る。したがって、潜水しながら高速で移動する必要がある」

「通常の伊号潜水艦では駄目ですか」

　吉田は意外な話の進み方に当惑する。

「状況設定は日米開戦で、太平洋艦隊の追跡を行うような話だろう。平時の偵察とは違うとなれば、電探だけでは解決できないな」

「それで何か解決策は？」

「小職は造船官ではないが、潜水艦が高速で長時間航行できないことは知っている。そんなものは海軍技術の基礎だ。

　解決策の一つは山のように充電池を積み込むことだが、それでは潜水艦の設計を根本からやり直さねばならなくなる。既存の潜水艦の小規模な改良でやろうとすれば、もう一つの方法だな」

「もう一つの方法？」

「吉田さんは佐久間《さくま》艇長の殉職を知っていますか」

「もちろんです。海軍軍人なら知らないはずがない」

「ならば話は早い。あの事故は潜航艇のガソリンエンジンを給排気管を使って潜航中でも運転する実験を目的としていた。佐久間艇長の事故は、その時にバランスを崩したため沈没となったわけです。

その給排気管を活用すれば、潜航しながらディーゼルエンジンを稼働できます。つまり、高速で長時間の航行が可能となる。潜航しながらです」

「ちょっと待ってください、そんな潜水艦があれば海戦は変わるじゃないですか！　どうして実用化されないんです？」

「いや、自分は技研の人間なのでそれはわかりませんけど、たぶん佐久間艇長の失敗が原因じゃないですかね。

ただ、当時と比較して昭和のいまの技術なら同じ失敗はしないと思いますけどね。まぁ、そこは造船官の話を聞かねばなりません。

とりあえず潜水艦搭載の電探は可能ですが、完璧を期するためには潜水艦の改良も不可欠でしょう」

「ありがとうございます。電探のほうはお願いします」

そう言いながら吉田は思う。これはまた大きな仕事になってしまったと。

2

昭和一五年一一月、海軍省。

山本五十六《やまもといそろく》連合艦隊司令長官が海軍大臣及川古《おいかわこ》

志郎《しろう》のもとを訪ねたのは一一月下旬のことだった。

　及川海相にとって山本との話し合いは、あまり居心地がいいものではなかった。山本は三国同盟締結に強固に反対した人物だが、その同盟は及川海相の賛成で締結されたようなものだったからだ。

　及川自身は、三国同盟による拘束はそれほど強固なものではなく、日本にとって不都合な事態になれば破棄すればいいくらいに考えていた。つまり、具体的に艦隊などをドイツのために動かすつもりなどまったくなかった。

　彼の認識では、三国同盟とは英米を牽制するための政治的なものであって、それ以上のものではない。また、それ以上のものとなったら破棄すればいいと考えていた。

　ドイツにしても英米牽制のための条約であり、日本の海軍力がその道具とされているのは明らかだった。

　じつのところ、及川はドイツとの条約など律儀に遵守する価値はないと内心では思っていた。それはヒトラー政権下のドイツのアジア政策を見ればわかる。

　再軍備を急ぐドイツは、資源確保の目的で日本よりも中国外交を重視し、この文脈の中で日本の利害と対立する局面は少なくなかった。じっさいドイツ製兵器により、日本陸軍が大陸で苦杯をなめたという話も耳にしている。

　そうしたドイツが日本との関係改善を模索したのは、要するにヨーロッパ情勢でイギリスやアメリカとの対立があるためであり、その意味で日本は道具だった。

ただ、三国同盟という道具は日本にも利用価値があるから乗っただけであり、ドイツが信頼できる友邦かどうかは、また別の話であった。

その点で、ドイツに対する認識では及川と山本にはそこまで大きな隔たりはないと彼は考えていた。そうは言っても、賛成派と反対派ではやはり立場は違うのだ。それが、及川が山本との面談に憂鬱になる理由である。

なにより今回の面談は及川と山本の二人だけで、ほかに同席者はいない。密談とも言えるわけだが、山本から何を言われるかと思うと気が重い。三国同盟の締結は、ほんの二月前なのだ。

「海相、失礼します」

海相の応接室に山本は礼節を持った態度で入ってきた。及川も返礼し、雑談の後に本題に入った。

それはいささか及川の予想とは違っていた。

「GF司令長官として考えるに、現下の状況では日米衝突は避けられぬ。外交が失敗して対立がさらに深まれば、民生用なら輸入できる石油が全面禁止になるやもしれず、あるいは在米資産凍結ということもあり得る。しかし、そうなれば戦争となるのも間違いない。

むろん、そこから交渉の余地はある。だが、アメリカは大陸からの陸軍の即時撤退を要求するだろうし、陸軍がそんな話を飲むわけもない。それができるくらいなら、日華事変はとうの昔に終わっている」

「それで、GF長官としてはどうする？」

及川が一番知りたいのはそこだった。

「日本の石油備蓄から判断して、GFが縦横無尽に活躍できるのは二年が限度であろう。だから対米戦となったら、戦争は二年以内に終わらせねばならない。なおかつ、その時点で日本は勝っている必要がある」

「二年間、勝ち続けるのか。ＧＦ司令長官としてそれは可能か？」

自分で質問をしておきながら、及川はそれは困難だろうと思っていた。

彼自身は連合艦隊司令長官の職についたことはなかったが、艦隊司令長官の職についた経験はあった。そんな彼であるから、日本海軍の艦隊戦力については十分に知っていた。

アメリカ海軍が大西洋と太平洋の二正面作戦を行っているような状況であれば、戦力の均衡はあるいは期待できるかもしれないが、それにしたところで五分五分の戦力になるかどうかという話である。

戦線を維持するならまだしも、二年間勝ち続けるというのはかなりハードルが高い想定だろう。

「日独伊三国同盟により我が国とアメリカが交戦状態になった時、ドイツとイタリアもアメリカに宣戦を布告し、大西洋での戦線が開かれればアメリカは二正面作戦を強いられる……ような甘い想定は通用しまい。

歴史的にドイツは自己の都合で条約を一方的に反故《ほご》にするような国だ。ましてイギリスと交戦中にアメリカも敵にまわすか？　それは大いに疑問がある。

イタリアは、あるいはアメリカに宣戦布告するとしても、彼の国の海軍は基本的に地中海の海軍だ。大西洋に対米戦の第二戦線を開くようなことは期待できない。

そして、太平洋の戦闘では日本がドイツ、イタリアの海軍力を頼みとすることもまた不可能だ。海軍にとって三国同盟にはなんのメリットもない。そもそも対米戦を回避するのが目的で締結した条約なのに対米戦の想定とは、つまり条約の無力さの証明といえよう」

及川にとっては耳の痛い話だ。しかし、山本はそれにより及川を攻撃はしなかった。条約が結ばれた以上、ここで及川に苦言を言っても始まらないという考えかもしれない。

「つまり、無理なのか」

矛盾するようだが、及川にはそれも信じがたかった。山本がそう簡単に不可能を認めるとも思えなかったからだ。

「政治の側が本当に二年で戦争を終結させられるという前提での話だが、ＧＦが米海軍に勝ち続ける方法がある。

一つは、これは最近の技術的進歩だが、潜水艦からの電波により敵艦隊の動向を探り、なおかつ潜航しながら十数ノットで航行できるそうだ。つまり、この潜水艦を使えば米太平洋艦隊を潜航しながら、追跡も攻撃も可能だ。

残念ながら実戦配備には時間はかかるが、それでも一年以内に投入できるらしい」

「そんな潜水艦があるのか！」

及川には潜水艦の性能よりも、そんな潜水艦の存在を海相である自分が知らなかったことに衝撃を受けた。

「なぜＧＦ長官が知っていて、海相の自分には話が通っておらんのだ？」

「自分も知ったのは最近だ。別件を調査していて、そうした潜水艦が可能ということが明らかになっただけだ。

　艦政本部なり技研で図面を引いてから工廠に提案する。海相に話が行くのは稟議ができてからだな。建造途中の潜水艦に追加する装備なので、戦力化にさほどの遅れはないそうだ」

「なるほどな」

　現在、国際情勢もあって海軍工廠はどこもフル稼働だったが、それだけ海軍省の業務も増える。正直、及川海相自身が海軍戦備の状況を完全に把握しているかといえば自信はない。

　最新の研究の話ともなれば、書類としてあがってこなければ彼にもわからない。

「これとは別に、例の一四試偵察機が完成しつつある。これで委任統治領からハワイを偵察できる。しかも高度一万二〇〇〇まで飛行できるから、敵には気取られることもない。

　この偵察機と新型潜水艦で漸減邀撃《ぜんげんようげき》を行えば、負けることはない」

「そして艦隊決戦か」

　及川の言葉に山本は首を振る。

「艦隊決戦とは限らない。軍令部は何かといえば漸減邀撃の艦隊決戦というが、米艦隊が分進合撃することも、主攻と助攻で戦力を分けてくることもあるかもしれない。

　兵力の逐次投入は軍事では禁物ながら、米海軍にはそれを可能とする戦力がある。

むろん、それでも成層圏偵察機と新型潜水艦で攻撃できたとして、軍令部が想定外の敵に対して柔軟に対応できるか？　海相はどう思う？」

「難しいだろうな」

及川は率直にそれを認めた。

「ＧＦなら対応できるのか」

「そこは海軍中央がＧＦにどれだけの自由裁量を認めてくれるかによる。我々なら軍令部の想定外の作戦も立案し、実行できる。だからこそ新型潜水艦の話も入ってくる」

山本はそう言ったが、及川は作戦運用に関してはＧＦ司令部の能力を認めたものの、ＧＦ独自の作戦指導に自由裁量を認めることには全面的な賛同はできなかった。

いま思えば、陸軍に巻き込まれた結果とも言えるのだが、海軍の軍令・軍政の力関係は、かつては同等か軍政優位だった。予算を管轄するのが軍政ならばこそ、作戦部隊の暴走は抑止できるという道理である。

しかし、統帥権論争から顕著になってきたが、さかのぼれば政党政治の中で陸相、海相に文官がつく可能性が出てきてから、政党人による軍部への介入を嫌った陸海軍は、陸海相の権限を可能な限り縮小しようとした。このことは軍令系と軍政系の力関係を軍令優位に傾けることへつながった。

海軍の場合、こうした流れの中で軍令部の権限が強まっていった。すでに予算や調達に関する権限をある程度まで確保し、海軍省のコントロールは以前よりもかなり弱まっている。

この状況で、さらにＧＦ司令部の自由裁量を拡大すればどうなるか？　万が一にも山本が暴走したとして、軍令部も効果的にコントロールできず、ましてや海軍省は何もできないに等しい。

その意味で、及川海相は山本司令長官の意図を測りかねていた。ＧＦの自由裁量を拡大するという話は、つまりはＧＦを海軍省の統制からよりさらに遠ざけることを意味するからだ。

しかし、山本には確かに考えがあった。

「ＧＦの自由裁量を認めるにあたって、我々は海軍省、軍令部双方の指導に等しくしたがうつもりである」

及川でなければ聞き逃してしまう、山本の巧みな発言だった。

現在の状況において軍令部と海軍省の力関係は等しくない。だから現状では、軍令部が暴発すれば、ＧＦはその軍令部の命令にしたがわざるを得ない。

だが、ＧＦが軍令部と海軍省の両方の指導にしたがうというのは、ＧＦが軍令部の専横を認めないということを意味する。少なくともＧＦは海軍省の了解なしには動かない。

これに対する対抗策もなくはない。それは実働部隊としてのＧＦを小さくしていくというものだ。軍令部の掣肘《せいちゅう》を受けないＧＦ以外の部隊を大きくするわけだ。

しかし、事はそうは進まないだろう。海軍人事を担当するのは海軍省だ。だから海軍省とＧＦが連携するなら、軍令部の専横は抑えられる。

もっとも、そう簡単に動くだろうか？　いまの軍令部総長は伏見宮博恭王《ふしみのみやひろやす》であり、「軍令部令及び省部互渉規程改正案」により軍令部の権限を強化したのは彼である。

　ただ、この改正案に強固に反対した井上成美《いのうえしげよし》を予備役にすることなく適切な部署につけたりと、その人物が単純には評価できないのもまた事実であった。

「じつはGFとしては、万が一の対米作戦についての腹案がある」

　山本が及川の内心を読んだかのように意外なことを口にする。

「新型潜水艦か何かか?」

「そうではない。来年には瑞鶴《ずいかく》、翔鶴《しょうかく》の大型空母が就役する。加賀《かが》、赤城《あかぎ》、蒼龍《そうりゅう》、飛龍《ひりゅう》とあわせて大型正規空母は六隻になる。

　この六隻の空母により真珠湾に奇襲攻撃を仕掛ける。そうして在泊中の米太平洋艦隊を一気に壊滅すれば、アメリカが主力艦を建造し、戦力化できるまでの三年ほどの間はGFが戦力の優位を確保できる」

　及川はその作戦構想に驚いた。冷徹な山本五十六の作戦にしては、あまりにも投機的すぎる作戦だからだ。

　敵戦力が集中している真珠湾を奇襲して成功すればいいが、逆に反撃されれば空母部隊は全滅しかねない。空母六隻というがほかにも護衛艦艇が必要であることを思えば、連合艦隊の戦力は致命的な打撃を受けかねない。

「この作戦を軍令部に提案すれば、どうなるだろう?」

　山本が言う。

「軍令部は反対するだろうな」

「その場合、ＧＦ長官として自分は作戦を認められねば職を辞すと言えば、どうなるだろうか」

「軍令部総長や軍令部次長、課長とで意見の対立を生みかねんな。正直、軍令部がどんな反応をするかはわからん。ただ、投機的な作戦であることで反対意見は出るだろう」

「そうなるだろう。そこで、ＧＦ司令長官と軍令部の対立に海軍省が仲介に乗り出すならどうか？

　海軍省がＧＦの投機的な作戦を預かる形で事を収めるなら、軍令部の権限は強いままとしても、ＧＦは海軍省の意見を聞きながら動くことになる」

　山本はにやりと笑うが、及川にしてみれば、それは真珠湾作戦以上に博打である気がした。

　しかし、正面から「軍令部令及び省部互渉規程改正案」を再度改正できないなら、山本の奇策が一番現実的か。

「海軍の軍令系が軍政の下に入る道筋をつけられるなら、陸軍に対しても同様の工作を行う可能性が拓ける。そうであるならば、軍事に対する政治の優位への道筋も見えてくるだろう。

　現下の状況で戦争が回避できるのかどうか、連合艦隊司令長官の自分にはわからん。しかし、よしんば戦争に至ったとしても、軍令に対して軍政の優位を確保しておくならば、この戦争は政治で解決できるだろう。

　それが二年以内に可能であれば、我が国は破滅を免れよう」

「貴殿こそ、海相になるべきであったな」

及川にはそれしか山本への言葉は出なかった。

3

昭和一六年一月、横須賀。

乙型潜水艦として横須賀で建造が進められていた伊号第一七潜水艦の竣工式は、非常に寂しいものであった。軍楽隊もなければ、見学者も著しく制限されていた。

ただそのことは、この潜水艦が軽視されていることを意味しなかった。

なぜなら、竣工式に立ち合う人間の中には及川海軍相や山本連合艦隊司令長官の顔も見えたからだ。そしてこの潜水艦は就役するなり、連合艦隊司令部直卒となることも決まっていた。

そのため潜水艦長となる予定の矢野《やの》中佐は、周囲の人間たちと比較して相対的に階級の低い人間となっていた。中将、少将が何人もいるのだ。

「貴官が潜水艦長の矢野くんか」

そう話しかけてきたのは、山本五十六連合艦隊司令長官だった。

矢野から見れば雲の上の人である。ただ伊一七潜のことを考えたら、山本長官が直々に声をかけてくるのはわかる。

「はい。潜水艦長を拝命いたしました矢野進次郎《しんじろう》です」

「どうだね、こいつでハワイまで往復できるかね」

「はい。問題ありません！」

矢野はそう返答したものの、質問内容には驚きとやはりという気持ちが混在していた。

伊号第一七潜水艦は、建造途中でいくつかの新機軸が投入されることになった潜水艦だった。

中心となるのは、潜水しながらディーゼルエンジンを稼働させられる給排気管の設置である。これは海面上に伸ばした吸気管から直にエンジンには接続せず、一度、バッファーとなる太い管を噛ませていた。

吸気管が海水を飲み込んだ時、海水はバッファーとなる太い管に落ちて、空気だけがエンジンに流れ、エンジンが海水を吸い込まないようにするためのものだ。

吸気管が海水を吸わないようにする工夫には試行錯誤があったらしいが、これは完全なものが実用化されておらず、バッファーとなる管の活用で問題を解決したものだった。

工作が面倒だったのは排気管のほうだった。さすがに海面に煙を出しながらは進めない。ディーゼルの排気は時に浮上した司令塔以上に目立つからだ。

そのため排気は水中に対して行うことになるが、ここに一つ問題があった。伊号潜水艦の二サイクルディーゼルは、出力は大きいが排気圧が低く、このままでは水中には排気できない。そこで別に排気ポンプを用意して、排気を水中に逃がす必要があった。

この工事と並行して主機の騒音軽減のため、ゴムのダンパーを敷いて振動を吸収するようなことも行われた。ディーゼルエンジンの音で気取られては、水中潜水艦の意味がないからだ。

じっさいこれは給排気管の実験用のディーゼルエンジン機材でわかったことだった。大きな鉄の缶に小型のディーゼルエンジンを収納し、プールの中で稼働させたのだが、エンジン音がプールの外からも聞こえたことで問題となったのだ。

このことでディーゼルエンジンには防音設備が施され、振動の軽減が図られた。これに関連して艦政本部では新造中の潜水艦はもとより、整備・修理の潜水艦にも同じような振動軽減処理が施されることになったとも聞いた。

伊号第一七潜水艦の新機軸はそれだけではなかった。

乙型潜水艦は水上偵察機を搭載するのが通例だが、本艦はそれがない。格納庫の空間には電波探信儀という装置が収納されている。大きな機械であるので、空間に余裕のない潜水艦では格納庫以外に設置場所がなかったのだ。

搭載されている電探は対空用が二つあり、潜望鏡の上に搭載されている浮上前の周辺監視用と専用マストを伸展して、より広範囲の領域を捜索する主電波探信儀の二つである。

これは信頼性にまだ疑問のある電探であるため、保険の意味で二基搭載するのと、実戦運用できる人材育成の意味もあった。要するに、あれもこれもと目的を詰め込んでいたのである。

ともかくこうした潜水艦であるため、海軍首脳の期待の大きさは矢野潜水艦長も感じていた。

「今回の模擬戦は、二水戦としては非常に残念な結果に終わった」

第二水雷戦隊の田中頼三《たなからいぞう》司令官は、非常に残念な結果と言いつつも、それほど不機嫌ではなかった。矢野潜水艦長にはそれが意外だった。

そこは軽巡洋艦の食堂で、標的役の伊号第一七潜水艦とそれを撃破すべく訓練に参加した駆逐隊の幹部、それに第二水雷戦隊の幹部が集まっていた。

「模擬戦では、たった一隻の潜水艦のために駆逐隊が全滅するという判定が出た。駆逐隊には伊一七潜の性能については説明していない。説明していては模擬戦にはならぬからな」

田中の背後にある黒板には、すでにいくつかの状況について、潜水艦の動きと駆逐隊の動きが図示されている。

田中に促され、駆逐艦長の一人が黒板の状況について説明する。内容的にはすでに矢野も知っている。

「本艦は、まず水中聴音機により潜水艦の存在を察知しました。ただこの接触は弱く、すぐに接触は失われました。我々は原速で移動しておりましたが、潜水艦との接触はその後も何度か、弱いながらもありました。

これは本来なら、あり得ないことです。なぜならこの時、我々は前進しており、潜航中の潜水艦が我々に追いつけるはずがない。我々としては、複数の潜水艦の存在を疑いました。

複数の潜水艦が阻止線を形成するなかで、本艦はその線に沿って航行しております。状況からそのように判断いたしましたので、取舵をとり阻止線から距離を置くべく速度を上げ、阻止線の末端部に位置する潜水艦を襲撃すべく、このように包囲する航路をとりました」

「それで貴官は、僚艦にはそのことを伝えたのか」

田中司令官が問う。

「はい。隊内無線で阻止線の存在を伝え、注意喚起しました」

「しかし、雷撃を受けてしまったわけだな」

「はい。最適な射点で待ち伏せされておりました」

報告が終わると、田中司令官ははじめて伊号第一七潜水艦について説明した。電探を搭載していることや給排気管により水中でも高速を出せることなどだ。

「水中での最高速力は、非公式ながら我々の計測では二〇ノットを超えました。しかしながら、今回の演習では最高速力は一八ノットにとどまりました。

多くは一六ノット程度で原速よりは速いものの、性能を活かしきるには至っておりません」

それは聞きようによっては駆逐隊を馬鹿にしているようにもとれたが、矢野潜水艦長の様子に驕《おご》りがないのは明らかだった。

むしろ駆逐隊の幹部たちは、性能を出し切っていないにもかかわらず、自分たちを全滅させた潜水艦の性能に驚愕していた。

「性能を出しきれなかった理由はなにか?」

田中司令官がそれを確認する。最大で二〇ノット出せるはずが四ノット遅くなるというのは、やはり看過できない問題と認識しているのだろう。

矢野はそう解釈した。

「根本的なことを言うならば、画期的な性能には違いないとしても、既存の潜水艦に給排気管を搭載しただけなので、艤装品の多くが性能に対応しきれていません。

　特に、水中での位置を把握するのには必ずしも自信が持てません。艦の姿勢が安定しないことがあるからです。最高速力では水平を維持するのに苦労することがありました。

　ただ、水平方向での動揺が起こらない場面もあり、この原因はわかりません。ツリムの関係ではないかと思いますが、あるいは潜望鏡の問題かもしれません」

「なるほど。ほかには？」

「今回は伊一七潜の性能について駆逐隊は知らなかったため、我々は終始演習を有利に進めることができましたが、実戦となれば早晩、我々の潜水艦の性能について敵軍も気がつくでしょう。

　むろん潜水艦という性質上、最後までわからない可能性もありますが、それに賭けるのはいささか無謀と思います。

　そうなれば、敵がこちらの性能を把握しているという前提で、こちらも戦術を考えねばなりません。そのために重要なのは、敵の位置と自分たちの状況を正確に把握することです。

　自分は今回の演習でこそ、その把握は成功しましたが、いつも成功するかと言われれば自信はありません。聴音機や潜望鏡、電探で敵の動きを把握し、それと自分たちの状況を計算し、図示できるような装置が不可欠になると考えます」

「魚雷方位盤では駄目なのか？」

「それは雷撃を行う場合しか使えません。そうではなく、船舶の聴音機や潜望鏡の諸元等から敵の動きと自分たちの動きを紙に描くような装置です。そうしたものがあれば、敵駆逐艦に対して戦術的に優位に立てます」

矢野は自分の思い描いた概念を後ろの黒板に描き記す。

「貴官が言うのは、要するに図上演習の自動化のようなものか」

矢野は田中司令官の言葉に電気に打たれたような衝撃を覚えた。まさに、それこそが彼が求めていたものだ。

「はい。まさにそのようなものです！」

「しかし、それはなかなか難しい機械となるな。要するに、ベクトルと座標の計算機ではないか。精度を上げようとすればするほど計算が難しくなる。ただ高精度の計算が可能なら、聴音機だけで雷撃は可能となるがな」

矢野はそこで、あることを思い出した。

「じつは伊一七潜に電探を装備した小坂井という技術士官によれば、真空管を用いた高速計算機が技研にはあるようです。

高射装置への応用を研究しているとの話でしたが、そんな計算が可能なら、いま話したようなベクトル計算機は十分可能ではないでしょうか」

さすがに田中頼三司令官も真空管式計算機については知らなかったらしい。しかし、それが意味するところは的確に理解したようだ。

「今回の演習については、小職から連合艦隊司令部に報告することになっている。いまの伊一七潜の所見も検討課題として提案しようと思う」

4

昭和一六年三月、海軍航空技術廠。

「これを戦闘機に載せるのか？」

島田中佐は小坂井技術少佐が持参した金属の箱に難色を示した。大きめのスーツケースほどの金属の箱であるが、戦闘機に搭載するには大きすぎる気がした。

「その気になればもっと小型化も可能だが、技研としてはこれで統一したい。むろんこれは試験段階なので、多少はこれより小型化は可能だ。ただ、保守点検を考えると小さすぎるのも考えものだ」

「しかし、戦闘機の照準器にこれは大きすぎるだろう」

島田は大竹教授の一四試偵察機や電波探信儀研究の関連で、技研が真空管式計算機を開発していることは知っていた。そもそも島田が開発を依頼した面もあるのだ。

それもあって、川西飛行機が戦闘機を開発していた。川西としては水上機や飛行艇ではビジネスとして限界があり、中島や三菱のような戦闘機生産で陸海軍に食い込みたいという思惑がある。

そこで水上戦闘機を提案していたわけだが、島田は新型照準器の実験のために、川西に小坂井と連絡を取りつつ開発を進めるよう空技廠として命じていた。

川西はこの提案をどう解釈したのか、「水上戦闘機の完成度を高めるために陸上戦闘機の試作から開始する」ことを空技廠に提案し、それは認められていた。

そもそも陸上戦闘機のための新型照準器であるのだから、陸上機で実験してくれるほうがありがたい。

ただ、川西はこれを本格的な陸上戦闘機参入へのステップアップと考えたようで、当初の二重反転プロペラ導入のような複雑なことはせず、火星エンジン搭載の低翼機として設計した。機体形状なども当初の水上戦闘機のそれとは一新されていた。

機体は一撃離脱の重武装高速機を狙っていたが、これは海軍が三菱に発注していた局地戦を明らかに意識していた。制空戦闘機でいまさら三菱の牙城を崩せないなら、局地戦で食い込もうという計算らしい。

結果として重戦闘機になるが、だからこそ照準器の命中精度が重要となり、機体の運動から敵機の未来位置を照準する新型照準器の搭載が不可欠となる。つまり、新型局地戦は新型照準器と不可分のものだったのだ。

島田も、川西飛行機の水上戦闘機の名目で局地戦を開発するという、ある意味では脱法行為とも取れる開発を知ってはいたが黙認していた。そもそも、新型照準器用の戦闘機開発に川西の水上戦闘機計画を利用したのが島田であり、文句を言える立場ではない。

それに三菱の局地戦闘機開発が遅れており、川西の新型照準器搭載機が成功したならば、そちらで局地戦闘機はまかなえるという計算もある。

水上戦闘機と局地戦のどちらが重要かと言えば、

どう考えても後者である。

ただ、小坂井の持ち込んだ金属の箱は局地戦とはいえ大きすぎる気がした。搭載しようと思えば可能だろうが、その分のしわ寄せが心配であった。

「じつは、真空管式計算機の問い合わせが海軍のあちこちから来ている。

火砲の射撃盤から魚雷のそれ、高角砲や機銃の高射装置、主計科の計算機から、はては気象予報から暗号解読までさまざまだ。そのどれも話を聞けば、差し迫った必要性がある」

「火砲の射撃盤などはわかるが、主計がどうして？」

島田にはそれが疑問だったが、小坂井の返答は彼を納得させるものだった。

「出師《すいし》準備にいろいろな見積もりが必要だろう。計算量が膨大で、短期現役士官にさえ重要な計算をさせねばならない状況だ。端的に言って、海軍軍人の仕事の半分は計算と考えていいくらいだ」

「まぁ、それはいいが、それとこの金属の箱がどう関係する？」

「これは制式化されれば海軍式一号演算器となる。急増する海軍の計算需要にいちいち専用の計算機を設計し、製造していたら量産を阻害するばかりだ。

だから、演算器は海軍内ではすべて同一の機械とする。戦闘機の照準器も戦艦の射撃盤も、演算をするのはこの箱だ。

この箱だけを量産すればいい。それぞれの用途に応じては、演算手順だけを書き換えればいいのだ」

「なんかわからんが、従来の計算機械とは次元が違うようだな。しかし、よくそんなものを貴官は考えついたな」

それに対して小坂井は意外なことを口にする。

「じつは先行研究がある。富士電機の技術者で塩《しお》川新助《かわしんすけ》という人物が、二進法による計算理論を発展させていたんだ。

二進法によるリレー式計算機さえ発明している。昨年のことだがな。そうした先行研究が本邦にもあるのだ」

島田は戦艦から戦闘機まで、この金属の箱を積み込み、照準精度を飛躍的に向上させる状況を思い描く。それは日米の戦力比を劇的に変えかねない。

「わかった。川西には、これを搭載することを前提にさせよう」

5

昭和一六年四月、連合艦隊旗艦長門《ながと》。

連合艦隊司令部参謀の吉田中佐は、ここしばらく山本長官の直下で働き、時に名代となることさえあった。

それは海軍各部だけでなく、政府や時に陸軍参謀本部であることもあった。陸軍との折衝は「ハワイ攻略を行うにあたって、陸軍部隊はどれだけ必要か」というものだった。

ハワイ占領計画など、いまのところ明確にはなっていないが、山本はその可能性を否定もしていなかった。

軍令部と連合艦隊の対立を海軍省が仲介するというシナリオが山本の真の狙いだ。仲介者としての海軍省の権威を高めることで、軍令部の権限を連合艦隊に関して削ぐ。万が一にも開戦という事態になったら、軍令部の掣肘《せいちゅう》を受けずに政治的解決を容易にするための道筋をつけるのだ。

この構想のもとに連合艦隊司令部の吉田は、真珠湾攻撃の緻密な計画を立てるための材料を集めていたのである。同時に吉田参謀の働きは、軍令部に対する意思表示の意味もあった。

ただ、状況は予想外の方向に動きつつあった。最大の不確定要因は、軍令部総長である伏見宮博恭王の存在だった。

富岡《とみおか》作戦部長らが山本の真珠湾奇襲作戦に対して、山本の思惑通りに否定的な意見を述べるなかで、彼が爆弾発言をしたのだ。

「GF長官の作戦案は、なるほど投機的な側面が強いのは確かであるが、傲岸《ごうがん》不《ふ》遜《そん》なアメリカ海軍を痛打するには、これくらいの積極果敢な作戦が必要である」

伏見宮博恭王のこの発言で、軍令部の真珠湾攻撃案に対する空気は明らかに変化した。

四月になり、軍令部総長は永野《ながの》修身《おさみ》に代わったものの、伏見宮博恭王の影響力はまだ強い。それに、永野も軍令部内のハワイ作戦に対する意見の対立を収拾できていなかった。

しかし、一番影響を受けたのは、当の山本五十六連合艦隊司令長官だった。

終戦工作の下準備として、軍令部の権限削減の道筋をつけるための工作が、伏見宮博恭王により頓挫しかかっているのだ。

連合艦隊司令部と軍令部の対立を先鋭化させねばならない時に、軍令部総長が山本の案を強く支持するのだから、どうにもならない。吉田が陸軍に赴いてハワイ占領の兵力量などを確認するのも、対立の火種を探すためだった。

同時に、万が一にも軍令部が山本の真珠湾攻撃作戦を認めてしまった場合、連合艦隊はそれを実行しなければならなくなる。これは、じつはかなり厄介な問題であった。

なぜなら山本の思惑としては、真珠湾攻撃は海軍省の介入により実行されないはずの作戦であるからだ。

それが実行されたら、連合艦隊の兵力から最低でも空母六隻が開戦時には使えない計算になる。

奇襲攻撃を加えるなら日米開戦は避けられず、開戦と同時に行われるであろう他方面の作戦は事実上、空母の支援を受けられない。

そもそも軍令部の構想している作戦としては、万が一に開戦になった場合、ドイツのヨーロッパでの戦勝を前提として、南方の資源地帯確保という目的がある。

戦略的に重要なのはこちらの作戦であり、言ってしまえば真珠湾作戦など、資源地帯攻略が主攻なら助攻作戦に過ぎない。

その助攻作戦に空母六隻を投入するというのは、明らかに戦力バランスがおかしい。しかしこの状況では、連合艦隊はその戦力バランスのおかしなことを実行しなければならない。

この問題は、ここしばらくの山本五十六司令長官の心痛となっていた。じっさい吉田から見ても山本の憔悴ぶりは明らかだった。

吉田はこの時も戦艦長門の長官室を訪ねる。ノックをしても応答がない。嫌な予感とともに吉田は内部に入る。

「長官！」

吉田はそこで倒れている山本五十六の姿を認めた。横にはウイスキーの瓶とグラスがある。すぐに駆け寄ると、意識はないが山本は生きている。

「誰か、いないか！」

山本長官はそのまま長門から衛戍《えいじゅ》病院へと搬送される。医師の診断では過労による心神喪失ではあるが、連合艦隊司令長官の職務が務まるものではなかった。

開戦前の大事な時期に山本司令長官の病気による司令長官の更迭は士気にかかわるとして、高須《たかす》四郎《しろう》中将が第一艦隊司令長官と兼務という形で連合艦隊司令長官代行となった。

高須は意識を取り戻した山本を病院に見舞うが、そこで高須は、山本から事後の采配については井上成美と相談するようにとの助言も受けた。

この突然の連合艦隊司令長官の交代は、「海軍某大事件」と呼ばれることとなった。それは人事の異動だけでなく、真珠湾作戦の中止を意味していた。

第3章　開戦前夜

1

昭和一六年四月、追浜飛行場。

「よろしくお願いします」

機長である和気《わけ》大尉に挨拶したのは、副操縦員となる会田《あいだ》中尉であった。

和気同様に会田も小柄な男だった。零式陸上偵察機に乗るのには、小柄な人間のほうが都合がいい。

「こちらこそ、よろしく頼む」

和気大尉と会田中尉は、この特殊な飛行機の搭乗員訓練に選抜された一〇名の中にいた。だから面識はあったものの、初陣の栄誉を与えられるのは誰と誰の組なのかはわかっていなかった。

狭い機内で二日も過ごすのだ。ここは単純に技量だけでは駄目で、搭乗員の相性が物を言う。

和気は「機長はたぶん君になる」と内示を受けていたが、誰と組むかは未定だった。それが会田とわかったのは幸いだった。彼となら、うまくやっていけるだろう。

駐機場には、すでに零式陸上偵察機と固有整備員たちがいた。与圧区画の調整や万が一の場合に備えて酸素ボンベの確認がなされている。

機体は翼長が長く、胴体長は短いが細い。機首にエンジンとプロペラがついている点では通常の飛行機と変わらないが、窓らしい窓がなく、視界は明らかによくなかった。

最初に副操縦員の会田が乗り込み、機体後部に移動する。そのあとで和気は機長として乗り込み、計器類のチェックを済ませた。

周囲には緊張が支配している。基本的な試験を終えているとはいえ、実戦投入は今回がはじめてだ。失敗は許されない。

着陸脚は機首と胴体から左右に出る三点式だが、幅は短く離着陸には技術が必要だ。

聞いた話では、もし着陸に失敗すれば華奢な翼は修復不能なほど折れてしまうので、その場合は主翼全体を交換するのだという。

だから、陸偵には予備主翼が用意されていると聞いた。

プロペラは外部から発動機で回転させ、そこから始動する。可能な限りの軽量化を求めたためだ。

視界の悪い機体であるから、離陸は立った姿勢で行うことになる。機内に入ってハッチを閉めるのは、飛行が安定してからだ。このためだけに操縦桿は伸長するようになっていた。

操縦感覚としては操縦桿を縮めた時との違いはあったが、低速の機体だけにそこは大きな問題にならなかった。もっとも、それは搭乗員の技量に少なからず依存していたが。

偵察機が高度一〇〇〇まで上昇したので和気機長は操縦桿を縮め、ハッチを閉鎖した。そこから先は特殊ガラスを使ったペリスコープによる視界が中心になる。あとは計器だけが頼りだ。

「これより上昇に入る。規定の高度で目的地に向かう」

無線機の試験を兼ねて、和気機長は通信を地上に送る。そして思う。目的地であるウェーク島まで三二〇〇キロであると。

2

海軍中央が「海軍某大事件」で揺れていた頃も、一群の技術者たちは自分たちの仕事をしていた。

滑走路では、制式化されたばかりの零式陸上偵察機の運用試験が行われようとしている。零式陸上偵察機は翼長二四メートル、胴体長九メートルの単発機で、複座式の飛行機だ。

複座であるのは長時間飛行を行う都合で、操縦員を交代するためだ。人間がすれ違えるような幅はなく、操縦の交代を行う時は、背中合わせの椅子を回転する形になる。

操縦から離れた操縦員は後部席で足を伸ばして眠ったり、食事をとることができた。簡易便器もそこにある。住環境としては、ある程度の妥協も必要ということだ。

最高高度一万一五〇〇メートルを実現したこの偵察機は、通常の飛行機とはいろいろと異なる部分があった。

一つは、与圧区画の気密性を高めるため窓が最小限度にされているので、視界は良好ではなかった。ほとんど計器飛行が前提となる。

もっとも高度一万一〇〇〇メートル以上で飛行するので、敵機から襲われるはずもなく、視界の悪さは問題にならない。偵察そのものは大口径カメラで撮影するので、極論すれば窓はそこだけあればいい。

この与圧区画の関係で出入りは複雑だった。外から見るとエンジンの後ろの機首部分、通常なら風防がある場所にハッチがある。

乗員は副操縦員、主操縦員の順番で、そこから乗り込む。操縦席についてから座って回転させ、副操縦員が後ろに移動し、離着陸は主操縦員が行う。

離陸の時は操縦席のハッチを開放し、椅子に座るのではなく、立った姿勢で周囲を確認しながら行う。

こんな真似ができるのは、偵察機の速度が最高でも二五〇キロという低速のためだ。ゆっくり離陸し、ふわりと浮き上がり、そうしてゆっくりと上昇していく。

上昇し、飛行が安定したらハッチは閉鎖して気密環境を作る。これ以降の操縦は、ハッチについているペリスコープから行うことになる。ほかには天測用と眼下を確認するための窓と望遠鏡があるくらいだ。

天測用窓は機体の位置を知るために必須のものだったが、高度一万一〇〇〇の世界では雲に上空視界を遮られることはまずないため、天測はほぼ確実に行えた。

さらに、この偵察機には賛否両論はあったものの、小型の電探が搭載されていた。小型軽量を意図して、敵機が接近してきたら音で察知するというもので、距離も方位もそれほどの精度は出なかった。

しかし、こんな電探でも周辺の敵航空機の動きを把握できるので、航空基地の偵察などでは有効だ。なによりも奇襲攻撃を避けられることは大きい。

高度一万一〇〇〇を飛行する偵察機を迎撃できる戦闘機などないはずだが、気密室に穴でもあけば高高度飛行は維持できない。高度を下げたところを襲撃されれば、こんな機体は一瞬で撃墜されてしまうだろう。

じっさい誰もが零式陸上偵察機の最大の技術的課題は、高高度でのエンジンの稼働と考えていたが、独立した電動タービンによる過給器は最高時速二五〇キロの飛行機のエンジンに対して大過なく作動していた。

最大の問題は気密室だった。当初、空気が漏れた分は液体酸素を気化して補えばよいという意見もあったが、むしろそうした抜けた分を補うほうが技術的課題は複雑化した。

一時間、二時間の出撃ではない。四八時間の飛行である。結果として窓を小さくし、氷点下五〇度を超えるような酷寒でも機内温度が安定化する壁材を用いて、水分と二酸化炭素の吸収（これらは潜水艦の技術が参考とされた）を行う筒のような操縦室が完成した。

意外に手こずったのは機内温度の管理で、魔法瓶のような気密室は人体の熱を逃さず、寒冷対策よりも暑さ対策が必要だった。ただこれも、与圧のための空気の流れで解決がついた。

空技廠としては、最終的には与圧区画を設けたアメリカ爆撃機（対米関係の悪化から最近はこう呼ばれていた）を開発の到達点としていたため、現在の気密室に満足してはいなかった。

目的は達成されているが、運用上の制限が多すぎる。大型爆撃機では離着陸のために窓を開閉してはいられないのだ。

その意味では、零式陸上偵察機そのものは実用機でありながら、いまだ試作機でもあった。


和気と会田は四時間ごとに操縦を交代した。

四時間で移動する距離は一〇〇〇キロ。三〇〇〇キロを過ぎたところで、交代はせずにそのまま和気が操縦した。会田もウェーク島まで後部席で航法や偵察の準備を行うからだ。

特に電探の実用性は、実戦でこそ確認できる。

しかし、それを操縦しながら行うのは難しい。どうしても専従者が必要だ。

このような交代者を用意しての長時間飛行も、海軍としては初の試みであった。そもそも四八時間も飛行できる偵察機などなかったのだ。

「米軍機の活動は認められず」

電探のレシーバーを装着した会田が報告する。

ウェーク島には米軍基地があり、そこには飛行場もある。だから、なにがしかの飛行機が飛んでいる可能性は少なからずあった。

零式陸上偵察機は全体が深緑に塗装されており、地上からの視認性は低く抑えられている。

ただ、中高度以上を飛行する飛行機からなら、条件が満たされれば見えなくはないという報告がなされている。

もっともこれも、高度一万一〇〇〇に偵察機がいるという情報を与えられた搭乗員が注意して上空を確認した場合である。そうした予備知識がなければ発見されることは、まずない。

それでもやはり、敵機が活動していないというのがありがたいのは確かである。

ウェーク島は縦横三キロのエリアに収まる小島だった。偵察機から見れば視野角二〇度の範囲であり、小さな窓から全体を見ることもできた。

この時点で、偵察機は速力を一五〇キロまで下げていた。ウェーク島を通過する時間は一分半。この間に航空写真を撮影しなければならない。

「輸送船らしい船が一隻、停泊してますね」

会田が窓から双眼望遠鏡で眼下を確認する。腹ばいになるかなり不自然な姿勢だが、気密室が狭いから致し方ない。

会田はさらに、窓から写真機で撮影をする。それは偵察用の写真機が故障した場合の予備のようなものだ。

そうして零式陸上偵察機はウェーク島の撮影を終える。地上の米軍は自分たちにまったく気がついていない。

「帰還するか」

和気はそう言うと、偵察機を日本に向けて反転させた。

3

昭和一六年五月、戦艦長門。

軍令部作戦部長の富岡少将は、戦艦長門で連合艦隊司令長官より作戦構想の説明を受けることになっていた。

富岡作戦部長にとって、この会見は特別な意味を持っていた。それは、最近の連合艦隊司令部を起点とする軍令部と海軍省の権限に関する問題に終止符を打つことであった。

ともかく、「軍令部の独断専行」という海軍内部の意見は少なくない。

この問題は「海軍省・軍令部業務互渉規程」でいままで軍政優位だったものが、軍令優位になったというものだ。

ただ、軍令部の人間としては言い分がある。「軍令部令」によれば軍令部総長は天皇に直隷し、帷《い》幄《あく》の機務に参画し、用兵の作戦に関することを掌《つかさど》り、用兵のことを伝達するものとされている。

そして鎮守府や艦隊司令長官は、作戦計画については軍令部総長の「指示」を受けることとなっていた。

つまり軍令部総長は、指示はできても直接的な指揮統率はできない。作戦用兵については軍令部総長（軍令部）が立案したものを天皇に奏上し、その裁可を得た後に天皇の名前で命令がくだされる。

軍令部総長は、この命令を受令する立場の者に伝達する。これが海軍における命令であり、こうした命令を戦時は「大海令」という。

なるほど「海軍省・軍令部業務互渉規程」は改定されたかもしれないが、それは作戦を行う上で必要なことであって、巷間言われるような「軍令部が海軍省の役務についても干渉している」というのは明らかな間違いである。軍令部はすべて合法的に業務を行っている。それが彼の認識だった。

しかし、人は必ずしも法規通りには動かない。山本長官が心労で倒れたことで、軍令部に対する非難が海軍内部で高まっている。

連合艦隊のハワイ作戦を軍令部総長が認め、それを実現しようとするなかで山本長官は倒れたのだが、なぜか世間では軍令部が反対したことで山本は心労で倒れたと、話はひっくり返っていたのである。

ひどいのになると、連合艦隊司令長官を更迭して高須にしたので山本が倒れたというものまであった。

すでに軍令部総長は交代していたが、「軍令部総長が噂をまともに取り合っては示しがつかん」ということで、積極的には動いていない。ただただ噂ばかりが流れている。

こうした「嫌な空気」を払拭するため、富岡はやってきたのだ。

戦艦長門の内部など目を閉じても移動できるが、そこは立場というものがあり、案内をしてもらう。そうして富岡は高須司令長官と対面する。形式的な挨拶の後、本題に入った。

「連合艦隊司令部としては、山本長官時代の真珠湾作戦案は撤回したい」

「撤回ですか」

「作戦として投機的すぎる」

高須司令長官は、それだけを言う。確かにそれは富岡も理解できる判断だ。

「それは軍令部としても了解できる提案です」

富岡はそう言ったが、油断はできない。軍令部の横やりで連合艦隊の作戦が潰されたというような風評は避けねばならぬ。

「それは連合艦隊としての自主的な判断か」

「自主的な判断か、とはどういう意味なのか。何者かの圧力で我々が考えを変えたというのが、軍令部の認識か」

富岡はしまったと思った。余計な詮索のため、かえって相手の心証を悪くしてしまった。

「いえ、そうではなく、あくまでも軍令部作戦部長としての確認事項であり、他意はない」

高須司令長官はそれ以上、この件には踏み込まなかった。その代わり彼は切り出す。

「なるほど。ところで、軍令部は南方侵攻を行うにあたり、米太平洋艦隊に対してはどのように対峙する考えか」

それは富岡にも返答が難しい問題だ。

基本的には、従来の漸減邀撃作戦で対応することは暗黙の了解となっていたが、具体的な出師準備が進んでいるわけではなかった。南方作戦の戦闘序列も決まっていないなかでは、そちらに対応できないためだ。

ただ、原則としては南方作戦に割く戦力は最低限度として、主力は対米戦に備えて国内に待機するとなっていた。

「それについては、従来の漸減邀撃作戦で対処することになる」

富岡としてはそう説明するよりない。

「米太平洋艦隊の主攻が真珠湾にあり、アラスカ方面より助攻部隊が日本本土をゲリラ戦的に襲撃した場合、あるいは南方の委任統治領を一つ一つ占領して本土に接近してきた場合は、どうするのか」

高須司令長官は意外な質問を富岡にぶつけてきた。富岡としては、そうした質問を連合艦隊司令長官がしてくるのはルール違反であるような気がした。

艦隊決戦のために連合艦隊をはじめとして海軍各部が徹底した訓練をしているなか、なぜその前提を覆すような質問をするのか。連合艦隊であれなんであれ、「組織の和」というものがあるではないか。

「なぜ、そのような質問を?」

「なぜならば、国土の防衛とは少なからず受け身にならざるを得ないからだ。敵軍は自分たちの都合に合わせて来てはくれない。それどころか、我々の弱点を突いてくるだろう。

だからこそ、戦術的な柔軟性が必要だ。そうであるなら、敵が艦隊決戦を避ける可能性も考えねばなるまい。軍令部作戦部長はいかがか?」

そんな質問をされるくらいなら、いっそ真珠湾攻撃を認めたほうがまだましだった。あの作戦なら軍令部の作戦案を否定はしていない。

「敵の陽動部隊は、早期に撃破すれば艦隊決戦となるだろう。島嶼《とうしょ》戦についてはそのような前例のない戦闘を想定するのは意味があるまい」

富岡部長としてはそう言うのが限界だった。もちろん、そんなものが高須司令長官に通じるはずもない。

「前例がないと言うなら、我が海軍の渡洋爆撃も前例はないし、日本海海戦も前例のない戦いであったがな。

言うまでもないことだが、米太平洋艦隊の作戦は日本海軍軍令部作戦部長が立案するわけではない。米艦隊の作戦は米艦隊が立案する。

彼らには海軍軍令部の都合も海軍省の都合も関係ない。我々に艦隊決戦という作戦案しかないからと言って、それに合わせる理由はないのだ。

それどころか、分進合撃で本土に迫って来ることも考えられる。台湾を占領し、そこを拠点に海上封鎖に出られたらどうする？」

「そのような作戦は……」

富岡は続く言葉が出ない。何を言っても容易に反論されることがわかるからだ。

「作戦部長としては、そのような作戦は机上の空論と言いたいのだろう。しかし、さっきも言ったが、それを決めるのは米海軍であって貴官ではない。

国防とは政治戦略は別として、軍事に関しては基本、守勢を強いられる。相手の出方に守るほうが合わせねばならん。

もちろん、政治・外交の力により相手の選択肢を削ぐことで、守る側の優位を確保するという手もある。しかし、それは政治家の仕事であって軍人の仕事ではない。それが私の理解だが、作戦部長はどう思う？」

「まぁ、基本原則はそうだろうが……」

富岡部長は居心地の悪さを覚えていた。長年、信じていた対米作戦の欠陥を指摘されただけでなく、連合艦隊の作戦構想がまるで見えないからだ。

軍令部では軍令部総長だけが支持していた真珠湾作戦を連合艦隊が撤回するというのは、軍令部作戦課にはありがたい話だ。しかし、こうした話をした後では、何が飛び出すかまったく予断を許さない。

「三国同盟はそれを推進した連中にとって、アメリカに掣肘を加える政治戦略だったのかもしれぬ。しかし、現実は帝国をますますのっぴきならないところに追い込みつつある。

この状況を見るならば、連合艦隊としても開戦を前提としなければならないと小職は考えている。その上で、艦隊決戦主義は取るべき道ではないと考えている」

「艦隊決戦一本槍が駄目だと言うならば、司令長官には策があるのでしょうな」

「それを考えるのが、連合艦隊司令長官たる自分の仕事だからな」

高須は、あるいは山本よりも厄介な相手だったのかもしれない。富岡はそんな気がしてきた。

「連合艦隊としては、米艦隊が艦隊決戦を求めても分進合撃で迫ってきても、対応可能でなければならないと考える。

言い換えるなら、敵がどう出るか未確定のなかで最適な戦備を整えることにもなる」

「いまの話を実現しようとすれば、米海軍に勝る海軍力を整備しなければならない。しかし、長官も知っての通り、日本にそれだけの国力はない」

「国力がないのに南方に進出して英米と戦争となるのか？」

「長期持久体制構築のためだ」

富岡はそう言ってみるも、自分の言葉にあまり自信がない。軍人だから命令にしたがいはするが、それで問題が解決するのか？　そこはわからなかった。

「我々としては短期間で戦争を終わらせるという前提のもとで、米英に対して優位を確保する戦いは可能と考えている。

まず、委任統治領の要塞化を進めねばならない。もちろん、委任統治領は非武装が原則だ。だが、有事に短時間に武装化できるための基盤整備は可能だろう。

残念ながら、この方面における軍令部、海軍省の見識は控えめに言ってもおそまつだ。海軍が活動するための通信基地は軍備ではなかろうが、それでも十分に整備されているとは言いがたい。確実な通信手段は国防のための大前提だ。

ほかにもある。たとえば民間航空路線は、やっと飛行艇による定期路線が開設されたばかりだ」

それは富岡もはじめて聞く話だった。ぼんやりとは耳にした記憶はあるが定かではない。

高須によれば横浜を起点として、サイパン、パラオ、トラック、ポナペ、ヤルートまでの路線ができているという。

横浜からサイパンまでが一〇時間、サイパンからパラオまでが七時間、パラオからトラックまで八時間四〇分、トラックからサイパンまで五時間という航路である。

ただ、飛行艇なので距離の割には時間がかかった。島嶼に滑走路を建設すれば、時間はもっと短縮できる。

「この方面の戦備の遅れは明らかに軍令部の怠慢だ。軍令部が統帥権を理由に権限を拡大するのであれば、こうした戦備の遅れはすべて軍令部が負うべきではないか。

権限は拡大するが、起きたことに対する責任はごめんこうむるという態度では、陛下に対する輔《ほ》弼《ひっ》責任を果たしているとはとうてい言えないだろう。

海軍省・軍令部業務互渉規程を改定したからには、より多くの責任を負うという覚悟があったのではないのか？　覚悟もなしに権限の拡大を求めたのか」

「それは一方的な……」

「海軍省・軍令部業務互渉規程の改定は、こうした戦備の遅れを正すためと小職は説明を受けてきた。いまさら一方的と言う作戦部長の決心は？」

富岡部長にとって高須の言い分は、気持ちとしては一方的なものであったが、指摘自体は反論しがたいのは認めざるを得ない。

「もちろん、そのような戦備の遅れの指摘があれば、軍令部も対策を行うのはやぶさかではない。しかし、建設予定地の選定など……」

「その心配には及ばない。すでに候補地は連合艦隊司令部にてまとめあげてある。艦隊決戦だけによらない作戦計画を行うには必要だからな」

そこで高須は書類を富岡に渡す。

「同じものは、すでに海軍省にも提出してある。海軍施設部の設営班を充実させ、短期間に工事を終わらせる必要がある。少なくとも年内には、そこにある飛行場を完成させていなければならん」

高須の書類にざっと目を通しながら、富岡はいくつかの要素に首をひねる。

「ブルドーザーとかショベルローダーとはなんです？」

「建設作業機械だ。一部では国産化されているが、とても軍の需要は満たせん。しかも、ほぼ陸軍が押さえている。年内に工事完成なら、これらの機材は英米から輸入することになる。これらは民生品であるから、まだ輸入は可能だ。

　将来的にはこれらの国産化も視野に入れねばならないが、我々の戦略的な前提は短期決戦だ。二年以内に戦争を終わらさねばならぬ。機材の洗い出しと調達は連合艦隊司令部の仕事としても、国産化云々は軍令部の仕事だろう」

　富岡は「海軍省・軍令部業務互渉規程」には肯定的な立場であったが、高須にこうした点を指摘されると、いささか早まったかとも思う。急激な権限拡大の結果が、こうした強い反動を生んでいるのだ。

「話は聞いていると思うが、すでに零式陸上偵察機が実戦配備についている。この偵察機は最大で一万二〇〇〇キロを飛行できる。

　いまこれをポナペから運用するなら、ハワイまで余裕で往復できる。そればかりか、ロサンゼルスを偵察することも不可能ではない」

「ちょっと待ってください。ポナペからロサンゼルスまで九〇〇〇キロ近くあったはず。それでは往復は無理では？」

「それは解決の目処が立っている」

　高須はそれ以上のことは言わなかった。詳細は軍令部の対応次第ということか。

「さすがに偵察機であり、攻撃能力はない。しかし、委任統治領の陸上基地が活用できるならば、太平洋に米艦隊の隠れ場所はない。それは我々にとって著しい優位を約束するだろう」

「そこまでの優位があるなら、二年という短期決戦にこだわる必要はないのでは？」

その質問は高須司令長官を驚かせ、さらに呆れさせたらしい。

「作戦部長の言葉とも思えんな。零式陸上偵察機の優位性は遅かれ早かれ米海軍にも知られることになるだろう。

そうなれば、彼らもまた同じものを開発してしまう。米軍が同じものを開発する前に戦争を終えねばならんのだ」

自分たちが優れた兵器を持っていたとしても、アメリカも同じものを開発してしまう。そうした視点を富岡は持っていなかったが、高須の指摘の妥当性はわかった。

「連合艦隊司令部が零式陸上偵察機の運用を重視しているのはわかったが、作戦の柔軟性への備えとはそれだけなのか」

富岡もその質問がフェアではないとは感じたものの、軍令部作戦部長としては、ここで艦隊決戦を中心とする軍令部の作戦指導を否定するわけにはいかなかったのだ。組織には慣性というものがあるのだ。

しかし、高須にはそうした考えはすでに読まれていた。

「抽象的な話を続けても、現下の状況ではあまり建設的とは言えまい。我が軍が南方の資源地帯を攻略するとする。そうなれば当然、英米の二カ国を敵国とすることは避けがたい。

イギリス軍に対しては、南方の占領時に沈黙させることはできよう。アジア方面のイギリス艦隊は、我が海軍が全力でこれにあたれば降《くだ》すのは難しくはない。

問題はアメリカ太平洋艦隊だ。それに対しては日本海軍の総力をあげて反撃しなければならないが、現実には無理だ。艦艇の速力が違いすぎる。

我々が優位に立つには機動力こそが物を言う。したがって、艦隊は低速艦隊と高速艦隊に分ける必要があり、低速艦隊は占領地の維持確保と日本本土周辺で防御にあたり、高速艦隊は義経の鵯《ひよどり》越《ごえ》がごとく南方の敵を一掃すると、すぐに太平洋正面で委任統治領を起点として分進合撃で敵艦隊にあたるしかない」

「それは兵力の逐次投入にならないか」

富岡は高須の構想に、作戦の専門家として興味が湧いた。

「そこで鍵を握るのが零式陸上偵察機だ。敵艦隊の動向を正確に掌握して分進合撃を行えば、逐次投入にはならない。それは洋上ゲリラ戦とでも呼ぶべき戦闘となろう」

「洋上ゲリラ戦部隊か……」

「あるいはドイツの戦車部隊にならって海の電撃部隊、つまりは電撃艦隊だ」

富岡は高須の話に、なんとなくではあるが電撃艦隊の構想が見えてきた。

陸上偵察機が米艦隊の動向を完全に把握する。

その上で、陸上基地から航空隊が米艦隊を襲撃する。あるいは、必要に応じて潜水艦部隊も投入する。

そうしたなかで艦隊決戦を行わず、高速艦隊により米艦隊に対する分進合撃を繰り返し、彼らを消耗させる。米艦隊にしてみれば、前進を続けて日本列島に接近すればするほど戦力差が開いていく。

さりとて撤退を選んだとしても、すでに日本の委任統治領に深く進出しているから、やはり波状攻撃にさらされることになる。

富岡は、この構想にそれほど悪い印象は抱かなかった。艦隊決戦は起きないとしても、戦術のほとんどは漸減邀撃作戦のままと言ってもいい。

つまり、軍令部の作戦構想を根底から覆すようなことを述べつつも、高須の具体案は比較的穏当なものということになる。

しかし、その認識はいささか甘かった。高須は続ける。

「現時点において戦艦伊勢《いせ》、日向《ひゅうが》、扶桑《ふそう》、山城《やましろ》の四隻に関しては低速艦隊の中核となるだろう。南洋の委任統治領の要塞化は、敵艦隊を迎え撃つための縦深を稼ぐ意味がある。

したがって、本土近海で低速艦隊が出撃するような状況というのは、その前段階の作戦の失敗を意味する。これらが出撃するというのは、帝国にとって真の正念場であると言えよう。

つまりは、開戦劈頭から活躍することになる電撃艦隊の働きこそ、国運を左右することになる」

「その高速艦隊とは？」

その質問に高須は意外な切り口から説明してき

た。彼は富岡に尋ねる。

「そもそも艦隊とは何か」

それに対する富岡の答えは明らかだ。

海軍は規則で動く。そして、艦隊に関する規則は「艦隊令」だ。その第一条にはこうある。

「艦隊は軍艦二隻以上を以て編成し必要に応じ之に駆逐隊、潜水隊、海防隊、水雷隊、掃海隊、駆潜隊、航空隊又は駆逐艦、潜水艦、海防艦、輸送艦、水雷艇、掃海艇、駆潜艇、敷設艇哨戒艇を編入し港務部、防備隊、航空隊、特務艦及び必要なる機関等を附属す。

艦隊は必要に応じ軍艦及び駆逐隊、潜水隊、海防隊、水雷隊、掃海隊、駆潜隊若しくはその他の部隊を以て又は航空隊二隊以上を以て編成す。

艦隊は編制若しくは任務による名称又は差遣する海洋若しくは地方の名を冠称する」

しかし、いまここの文脈では「軍艦二隻以上の部隊云々」のことを指しはしないだろう。となると正解は何か？　富岡の答えを待たずに高須は続ける。

「艦隊とは何か？　艦隊令の記述は記述として現実に即して考えるならば、それは組織である。

そして艦隊が国防の手段であるとすれば、目的達成のために合理的な手段を選ばねばならない。

そうであるならば、軍組織もまた目的のために合理的な配置がなされねばならない。高速艦隊の命が機動力ならば、それに伴う人事もまた機動力を必要とする。

別に将兵の人事をそこで行うわけではない。それは海軍省の仕事だ。そうではなく、高速艦隊において部隊編成は司令長官の権限で自在に行えるようにする。分進合撃において必要だからな」

それは、いまさら高須が説明することでもなかった。そんなことは艦隊令にすでに記述されている。具体的には、第二条においてである。

「艦隊は必要に応じ之を戦隊に区分す。戦隊は軍艦二隻以上を以て軍艦及び駆逐隊、潜水隊、駆艦二隻以上、潜水艦二隻以上若しくは航空隊を以て又は航空隊二個以上を以て之を編成す。但し主として航空母艦、水上機母艦、航空隊、駆逐隊、潜水隊、駆逐艦、潜水艦等を以て編成する時は之を航空戦隊、水雷戦隊、潜水戦隊等と称するを例とす。

戦隊に編成により之を第一戦隊、第二航空戦隊、第三水雷戦隊、第四潜水戦隊等と称す」

また、第三条では「連合艦隊は艦隊二個以上を以て編成し必要に応じ之に艦船部隊を編入し又は附属す。前項の規定により編入又は附属せられたる艦船部隊は必要に応じ前条の規定に準じその一部又は全部を戦隊に区分す」とある。

だから、あえて高須がこんなことを言い出す理由が、富岡にはよくわからなかった。

それを承知の上で連合艦隊司令長官は何を言いたいのか？　もっとも、それはすぐにわかった。

「電撃艦隊は高速戦艦と空母による二隻を一つの戦隊とし、六個戦隊で一個電撃艦隊とする。

空母による偵察や遠距離攻撃が必要なら空母を、敵主力艦以下と砲戦が必要なら戦艦が対応できる。あるいはどちらかが敵を陽動し、手薄な本隊を主力が叩くことも可能だろう」

「戦艦と空母で一個戦隊ですか……基本的には複数の戦隊で活動ですか」

　作戦の専門家として、富岡はそう考える。

　戦艦と空母の戦隊は高須が再三、言っている作戦の柔軟性を担保するためのものだろう。ただ単独の戦隊では空母一隻に戦艦一隻となり、打撃力に欠けるように思うのだ。

「それは相手次第だ。ほとんど護衛のない敵の後方部隊を徹底的に叩いて相手の継戦能力を奪った後、主力に攻撃をかけるような場合だと、単独運用に利点がある状況も起これば、集中すべき状況も起こる。状況に合わせて戦力配置を行うのだ」

「なるほど」

　富岡には、やっと高須司令長官の言わんとする電撃艦隊の構想が見えてきた。


　確かに第一艦隊に属する戦隊を第二艦隊の所属にするというようなことは、現場の決断で部隊は動かせるとしても、中長期的にはいろいろと行政上の手続きが必要だ。補給や給与はどこがどう管理するかというレベルの実務作業が伴うからだ。

　高須の言う編成の自由度とはそうしたものだろう。富岡部長はそう考えたが、高須はさらに先を行っていた。

「現在の具体的な編成案は、第一電撃戦隊が戦艦長門と空母赤城、第二が戦艦陸奥《むつ》と空母加賀、第三が戦艦金剛《こんごう》と空母蒼龍、第四が戦艦榛名《はるな》に空母飛龍、第五が戦艦霧島《きりしま》に空母翔鶴、そして第六が戦艦比叡《ひえい》に空母瑞鶴だ。まぁ、翔鶴と瑞鶴は現時点では建造中であるが。

　たとえば第一と第二電撃戦隊が活動したとすれ

ば、戦艦と空母という固有編成での戦闘だけでなく、電撃戦隊を戦艦長門と陸奥、空母加賀と赤城のように戦艦戦隊と空母戦隊に再編することも可能となる。ここまでやれば、作戦の柔軟性は確保できよう」

「それが編成の自由裁量ですか……」

確かにそこまでの戦力の組み換えを行うというのは前例がない。しかし、それだけに解決すべき問題も少なくない。

電撃部隊を戦艦部隊と空母部隊に編成替えをしたとして、指揮はどうするのか？　そうした問題もある。

とはいえ、その程度のことは高須司令長官も考えているだろう。そうでなければ困る。

「編成替えをしたとして、指揮はどうなるのか」

「それは具体的な編成にもよるが、電撃戦隊が二個以上の編成では重巡洋艦を旗艦とする。具体的には利根《とね》型二隻と高雄《たかお》型重巡一隻を旗艦とする。指揮官はそこから全体指揮を執ることで、部隊改編に伴う指揮の混乱を回避する」

「旗艦と実働部隊を分離するのか」

「必要に応じてだ。指揮官先頭は日露戦争では通用したかもしれん。しかし、空母や潜水艦により海戦でさえ立体化しているのだ。

ならばこそ、指揮官は前線より引いたところで全体を俯瞰しなければならん」

富岡は内心で頭を抱えた。

高須のやり方は、海軍の伝統に大鉈を振るうようなものだ。海兵で教えられていたことの全否定のようなものではないか。

しかし、現状で高須長官のやり方を否定する根拠もまた、自分たちにはない。少なくとも軍令部には代案がない。

むしろ富岡は、ここは連合艦隊に貸しを作るべきだと考えた。高須の戦略は必ずしも軍令部の漸減邀撃作戦の否定を意味しない。それは部分修正とさえ言える。

ならば、ここは高須の好きなようにやらせるべきだろう。

「わかりました。軍令部として協力しましょう」

富岡はその一言から起こることを、まだ知らなかった。

4

昭和一六年五月、房総半島沖。

和気大尉は操縦席の時計と高度計を確認する。高度は二〇〇〇まで下がった。そして巡航速度で北に向かっている。

気密室のハッチは開いていたが、彼は座っている。零式陸上偵察機は新機軸を取り入れているだけに、制式化された後も細かい改修があった。一番多いのは気密室がらみである。

これもあって気密室のハッチは三度取り替えられた。いまは離陸時には専用のペリスコープを使うことで、立って操縦する必要はなくなった。

飛行中はペリスコープを使っても窓からでも、

前方を確認できた。それでもこの時、和気大尉はハッチを開いていた。

ハッチの改良はほかにもあり、後部席の会田中尉の上のハッチも開くことができた。これは後部席の乗員が脱出できないことが指摘されたためだ。

攻撃されなくてもエンジンが止まることはあり、現在の設計では後部席の乗員は脱出できなくなる。そのため機体の構造も、初期の機体とは変えられた。

じっさい彼らが乗っているのは初号機ではなく、改良を施された三号機だった。初号機もいま、三号機と同じ仕様になるべく改造されている。

和気は一定方向を一定高度、一定速度で飛行している。それに対して会田は後部席から立ち上がり、組み立て式の支柱を立てていた。

機内に積み込むために支柱は折りたたみ式で、機上作業中に部品が落下しないよう、部品はどれもテグスで結ばれていた。

会田は何度も繰り返した訓練の成果を発揮し、部品を取り落とすこともなく無事に組み上げ、機体に固定する。位置としては和気の後ろ、会田の前くらいのところだ。

「あれか……」

和気の視界に、前方上空を飛行している飛行艇の姿が見えた。

「こちら二号機。一号機、そちらの姿を確認した」

「一号機、そちらの姿を確認した」

無線電話で応答がある。細かい作業なので無電ではなく無線電話が必須だ。この陸偵開発では機体開発全体を統括する責任者を置いたというが、そのためか無線機の信頼性は飛躍的に向上した。

「こちらの準備は完了している」

「一号機より了解。作業に入る」

　飛行艇は偵察機の真上に移動すると、徐々に高度を下げてきた。そしてホースを伸ばす。偵察機はそのホースに向かって接近する。

　ホースの長さは二〇メートルもない。つまり、飛行艇と偵察機はホースで連結されるためには最大でも二〇メートルまで接近しなければならない。しかも機首では偵察機のプロペラがまわっているから、接近できる角度も限られる。

　ホースの先端には模型飛行機のようなものがあり、それがホースの先端の動きを調整する。

　偵察機は一度、飛行艇を下から抜くと、やがて飛行艇のほうが徐々に速度を上げる。すると、偵察機と同じ高度になったホースの先端が、偵察機の後ろから迫ってくる。

　やがてホースの先端は、会田が組み上げた二股に分かれた支柱にからめとられる。会田はすかさずそれをつかみ、手で合図を送る。

　この作業には細心の注意がいる。下手をすると、ホースの動きで会田が空中に放り出されかねない。命綱をつけているが危険はある。

　飛行艇も微妙な速度調整で、ホースに適切な余裕を与える。会田はすぐに燃料タンクへとホースを接続する。

　タンクの注油口は蛇腹になっていて、多少の動きは吸収できる。そうして給油が行われ、燃料タンクは満タンになった。

　会田は手でそのことを示すとホースを外す。ホースから手を離すと飛行艇は上昇し、ホースは龍のように空に舞う。

「作業終了、実験は成功だ。これで我々はワシントンまで飛んでいけるぞ！」

和気機長は無線機に叫ぶ。これで零式陸上偵察機はアメリカ本土の偵察能力を持った。

第4章　南方侵攻作戦前夜

1

昭和一六年一二月四日、サイゴン。

和気大尉と会田中尉は一一月に新編されたばかりの第一陸偵隊の一員としてサイゴンにあった。

第一陸偵隊の編制は零式陸上偵察機が六機のほか、付属として二機の飛行艇分隊があったが、これらは偵察も可能ではあるものの、本来の任務は陸偵に対する空中給油にあった。

ただ、空中給油はまだ確立された技術ではないため、陸偵側には熟練搭乗員が必要だった。陸偵が六機しかないのは少なからずそれが理由であった。

大竹教授はいい仕事をしたが、陸偵そのものはかなり高度な運用技術を必要とした。結果として運用する人間にも相応の技量が求められたのである。

それはある意味において、気密室をはじめとする技術が未成熟ということでもある。少なくとも、誰でも簡単に使えるレベルにはないわけだ。

「カラスだな、これは……」

和気大尉は目の前の陸偵を見て、そう思った。

高高度での視認性を低くするために陸偵の塗装は濃い緑とされていたが、全体が黒に見える。しかも国籍を示す赤い丸はもとより、所属を示す数字も記号もない。ただただ全体が黒いのだ。

「時節柄ってことだ」

陸偵隊の隊長である加原《かはら》大佐は、和気のとなりでそう説明する。

「時節柄ですか?」

「帝国は開戦を決定した。もうじきアジアは戦争になる。いまは平和に見えても、英米も戦争は不可避と考えている。

まさにそんな状況で、この陸偵を飛ばすのだ。時節柄と言うよりないだろう」

悪い人間でも無能な人間でもないが、加原大佐の冗談には和気もついていけないことが多い。もっともこんな状況だからこそ、馬鹿な冗談が出てくるのかもしれないが。

「今回の任務はマレー半島をコタバルから入り、そのままシンガポールに抜けて戦艦プリンス・オブ・ウェールズと巡洋戦艦レパルスの状況を確認する。やつらが出歩いていないことを確認する」

「開戦後が重要なのでは?」

「当然だ。ただ開戦前の状況を把握していないと、戦時の敵の動きと比較できん」

「なるほど」

加原隊長は、戦時の偵察を効果的に行うためにこそ平時の情報収集が重要と考える人間だった。だから陸偵の一部は台湾からフィリピン方面の偵察を行っているという。

「出撃は本日の夜間となる。そうすれば、五日の朝から昼間をマレー半島の偵察に使える」

「敵戦艦の移動があったらどうします? 追跡し

ますか」

加原隊長は少し考える。

「仮にイギリス戦艦が移動するとして、どこに向かう？」

「日本に圧力をかけようとするなら、フィリピンか香港、あるいはオーストラリアのダーウィンあたりですか、距離から言えば」

「それなら追跡しろ。すでに我が国の船団は動いている。開戦劈頭に敵戦艦と鉢合わせなど願い下げだ」

「潜水艦に引き継がせれば？　航路を見れば目的地は絞られます。それがわかれば潜水艦を集結させられるのでは？」

「陸偵の情報で潜水艦が敵戦艦を沈めるのか。なるほど、面白い」

加原隊長は副官を呼ぶと、なにやら指示を出していた。

「いまの提案をもらった。南方艦隊司令部に提案することにする」

「よろしくお願いいたします」

そうは言ったものの、はたして自分たちの意見がどこまで通じるかは未知数だった。しかし、評価されるのは悪い気はしない。

そうして時間となる。和気と会田はそれぞれのハッチを開いて機内に乗り込む。

手順にしたがって離陸準備を整え、やがて陸偵は滑走路を進み、飛び立っていく。

機内に常備する気圧計は正常な値を示している。機内の気圧計は最近の改良で装備された。気密室の不備で内圧が減少し、危うく事故になりかけた例があったためだ。それだけ気密室の開発は難しい。

現在実戦配備されている零式陸上偵察機は二〇機程度といわれるが日々の改良のため、二〇機すべてがどこか違っているとさえ言われている。

「電波探信儀準備」

「電波探信儀準備、宜候《ようそろ》！」

和気に合わせて会田が復唱する。

陸偵用の電波探信儀も改良された。詳しいことは知らないが、真空管式の計算機の応用で反射波のフーリエ変換を行うとかで、眼下の船舶と航空機の識別がつくという。

ただし、識別は音の変化で察知するので、それなりに熟練が必要だ。

距離や方位は音を聞きながら、距離と方位のダイヤルを操作して読み取る。以前はブラウン管式だったが、軽量化のために音声式になったのだ。

これは、探知方向が前方ではなく下方であることも大きかった。高度一万二〇〇〇メートルを飛行する偵察機に前後から迫るものはいない。つまり、この簡易電探は陸偵だからこそ可能なものだった。

コタバルに入ったのは朝だった。

和気も会田も緊張した。ここは飛行場がある敵の基地だ。

彼らは海岸周辺の写真撮影を行う。斜め方向からの朝の光は角度の条件がそろえば、ある程度は海中の様子を映し出す。

彼らがこの時間に海岸周辺を写真撮影するのは、コタバルの海岸には機雷が敷設されているかもしれないと考えていたからだ。

　これは上陸作戦を行う上で重要な問題だ。和気は足元の窓から海面を見るが、さすがに機雷の有無までわからない。

「電探に感一！」

　会田が報告する。会田は後部席の下方窓から望遠鏡で眼下を確認する。

「下方は偵察機」

　和気にも、眼下でブリストル・ブレニム双発爆撃機が一機飛び立つのが見えた。しかし、ブリストルは海上に向かい、陸偵にはまったく気がつく様子がない。

　和気はすぐ基地に向けて、ブリストルが海上に向かって飛んでいったことを通報する。移動中の艦隊や船団に注意を喚起するためだ。


　コタバルを通過すると、陸偵はマレー半島を海岸線沿いの道路や鉄道を写真撮影しながら南下していく。

　マレー半島は東西の両岸に道路があるが、それは往復する過程で対応する予定だった。

　シンガポール上空まで陸偵はなにものにも遭遇しなかった。

　わかっていたことだが、マレー半島のイギリス軍航空隊はそれほど強力なものではない。植民地確保のための空軍であり、土地の面積に比して数は少ない。

　まずは軍港である。写真撮影は行うが、和気も会田も肉眼で軍港を確認する。

「おい、戦艦が一隻しかいないぞ！」

　和気大尉には信じられなかった。シンガポールには砲塔三つの戦艦が一隻停泊していた。

戦艦プリンス・オブ・ウェールズも巡洋戦艦レパルスも砲塔配置は同じであるので、どちらが不在なのか、和気には判別できない。しかし、会田にはわかったらしい。

「眼下の戦艦は四連砲塔が前後にあります。あれは戦艦プリンス・オブ・ウェールズです」

「つまり、不在はレパルスか」

軍港内に戦艦プリンス・オブ・ウェールズの存在は明らかで、それと比較すればレパルスが軍港内にいれば見逃すはずがない。

和気は緊急電を入れる。

「巡洋戦艦レパルス、シンガポールより出動中。本機は索敵につく」

シンガポールの敵戦艦の動向によっては索敵目標を切り替えることは、事前に打ち合わされていた。それにしたがい、和気は巡洋戦艦の偵察を決めたのだ。

レパルスは一二月二日にシンガポールに入港している。それが三日に出港はしないだろう。どこかに向かうとしても、補給やその他に二日三日はかかるはずだ。

ならば出撃は最近であり、まだシンガポールの周辺にいるはずだ。問題はどこに向かったのか？

シンガポールへの入港が日本に対する牽制であるのなら、フィリピンや香港に向かうとしたら、そのことを宣伝しなければならないだろう。特にアメリカが関わるフィリピンなら、そうなる。

そうしたことを考えると、日本に対する牽制効果が低い目的地とはどこか？

考えられるのは、南下してダーウィンに向かうコースだろう。ダーウィンに到着してから日本に対して存在を誇示するのだ。

それまでは隠密行動をとるだろう。国際環境が緊張しているなかで、日本に単独行動を悟られるのは危険だからだ。じっさい和気もレパルスを発見し、潜水艦なりなんなりに監視させようとしているのだから。

和気は自分の考えを、無電で基地司令部に打電する。そして、零式陸上偵察機は南下した。

スンダ海峡を抜けるかどうかが迷うところだが、ティモールにも向かう可能性を考えると、スンダ海峡を抜けず、ジャワ海に向かうと予想を立てた。

追跡にかかったのは午後も遅い時間で夕刻に近い。しかも天候も悪化してきた。

「ここからは電探で監視する。敵影に注意せよ」

和気はここで電探を活用することにした。そうして夜になる頃、電探に反応があった。

「機長、敵艦です。大きさから言ってレパルスです！」

2

「飛行機が接近している？」

巡洋戦艦レパルスのテナント艦長は、レーダー室からの報告に首をひねった。

「距離は八浬（約一五キロ）ですが、速度は八〇ノット（約一五〇キロ）です」

「距離はともかく、八〇ノットとはずいぶん低速だな」

「日本軍機だからでは?」

　レーダー室からの意見にテナント艦長は失笑を浮かべる。

「確かに日本軍機ならそんなものか」

　しかし数分後、レーダー室から当惑した声の報告が届く。

「先ほどの不明機ですが、どうも挙動が不審です」

「挙動不審とはどういうことだ?」

　テナント艦長は、こうした曖昧な報告が嫌いであった。ただ、レーダー室の責任者がこういう曖昧な報告をするような人間ではないこともわかっていた。

　巡洋戦艦レパルスはイギリス連邦の結束を誇示するために、ダーウィンへと向かっていた。レパルスのほかには駆逐艦エレクトラとエキスプレスの二隻を伴っていた。艦隊としては最小構成に近いだろう。

「反応が八浬前後から変化しません。それなのに、方位が安定しません。しかも、スコープから消えたり現れたりします。速度は受信が安定しないので計測不能です」

「つまり、レーダーの不調なのか」

「水上見張レーダーは僚艦の駆逐艦二隻を察知できております。異常は対空見張レーダーだけです」

　レーダー室の責任者は電話口でそう報告した。

「まぁ、夜間に日本軍機が飛ぶことはないか。レーダーはとめて朝までに調整してくれ」

「了解しました」

　この件はこれで終わったかに見えた。しかし、じっさいは違った。

零式陸上偵察機は高度一万一〇〇〇メートルを飛行していた。夜間をレパルスから見れば雲の上を飛んでいる。

電探でレパルスを発見した陸偵は、レパルスを中心に周囲を旋回していた。

この時代のレーダーは距離は計測できるものの、三次元的な位置を特定する性能はなかった。そのためレパルスの乗員たちは、飛行機だとしたらその高度を三〇〇〇メートル程度と考えていた。

夜間飛行をするとすれば偵察であろうし、それなら高度は低空となるだろう。

だから、彼らはブリッジの視界の範囲で物事を考えていた。

しかし、零式陸上偵察機は高度一万一〇〇〇メートルを飛行していたので、仮にレパルスの直上にいたとしても距離は、一万一〇〇〇メートルで観測される。じっさいはレパルスを中心に周囲をまわっていたので、レーダーでは一五キロくらいの距離に観測される。

ただ、陸偵とレパルスのレーダーとの角度はほぼ垂直に近いため、電波が反射するかしないかという状態であった。だから、レパルスのレーダーからは消えたり現れたりするし、感知された時も方位が違っていた。

さらに陸偵もレーダーを利用していたため、電波干渉が陸偵の位置によっては起きたり起きなかったりする。レパルスの側からは、自分たちのレーダーの不調にしか思えない。

こうしてレパルスは対空見張レーダーを停止した。

テナント艦長がそうした判断をした理由の一端は、日本軍機の性能を見下していたこともあった。日本軍機は欧米の飛行機と比較して、速度も航続力も半分程度という認識があったため、日本軍機が現れたとしても、強力な対空火器を持つレパルスの敵ではない。それゆえに対空見張レーダーを停止したのだ。

こうして巡洋戦艦レパルスはダーウィンを目指し続けた。

3

昭和一六年一二月六日未明。

伊号第五三潜水艦の中村省三《なかむらしょうぞう》潜水艦長は焦っていた。

哨戒区域に向かわねばならないのに、機関部の故障が起きたため予定時間までに配置につけるかどうか。というより、どう見ても間に合わない。

可能なのは、先行する僚艦と哨戒区域を入れ替えてもらい、一番端の哨戒区域に入ることだ。しかし、艦隊司令部がどのような判断をするかはわからない。

「潜艦長、司令部より新たな命令です」

通信長が緊張気味に命令を手渡す。

通信長の態度が緊張しているのは、是が非でも定められた哨戒区域に向かえというのか？　その場合、配置につくのが遅れれば、それだけで命令違反となる。

文面を読んだ中村潜水艦長は、予想外の内容にやはり緊張を強いられる。

「巡洋戦艦レパルスを追跡せよ、か」

　中村潜水艦長は発令所で航海長とともに、自分たちとの位置関係を確認する。

「現在位置と針路からして、現在の速度で左舷方向に三〇度で航行すればレパルスの前を押さえられます」

「よし。左舷三〇度に針路変更だ！」

　そうして伊号第五三潜水艦は浮上航行で進んでいた。夜明けはまだだが、すでに周囲は明るくなりかけている。そして、予想通りの方位に何かが見えた。

「レパルスです。ほか駆逐艦二隻と思われる！」

　司令塔の見張員が叫ぶ。

　それは発令所の中村潜水艦長にも届いたが、彼は護衛駆逐艦のことをすっかり失念していた。ただ、冷静になって考えるなら、主力艦が単独航行することこそあり得ない。

　もっとも、駆逐艦を伴っていることは現段階では問題ではない。日英間は緊張しているとしても交戦状態にはなく、潜水艦にせよ巡洋戦艦にせよ、相手を攻撃するわけではない。

　駆逐艦も同様だ。しかし追跡はできる。

　伊号潜水艦は相手の存在を認めると、一度はすれ違うような姿勢を示しながら反転し、後方からレパルスに接近する航路をとった。

　明るくなると、イギリス艦隊も伊号潜水艦を認めたのだろう。駆逐艦の一隻がピタリと潜水艦の横に張りついた。

　さすがに砲門を潜水艦に向けはしなかったものの、いざとなれば躊躇せずに砲撃を仕掛けるという意思ははっきりと感じられた。

「潜艦長、どうしますか」

司令塔に中村潜水艦長が上がると、哨戒直についていた航海長が問いかける。

「手でも振ってやれ」

「手を振るんですか」

「こちらに攻撃の意図はないと示すんだ。いまの時点では敵国じゃないんだ」

司令塔の将兵が手を振ると、駆逐艦側も手を振ってそれに応えた。日英の将兵は、確かにその時には互いに敵意などないように見えた。

しかし、そうした交流は長続きしない。突然、巡洋戦艦レパルスが速力を上げると駆逐艦もそれにならう。

その速力は三〇ノットはあると思われた。すぐに潜水艦も追跡を試みるが、伊号第五三潜水艦の最大速力は二〇ノットであり、レパルスと駆逐艦にはとうてい追いつけなかった。

それでも潜水艦は最大速力での追跡を試みたものの、レパルスはスコールの中に飛び込み、その姿は完全に潜水艦の視界から消えてしまった。

「見失ったか……」

中村潜水艦長は、レパルスを見失ったことと追跡を継続することを報告するしかなかった。

「潜水艦の追跡を振り切りました」

レーダー室からの報告にテナント艦長はほっとしたものの、この先の航行には不安を覚えていた。

予想もしていなかった日本軍の潜水艦に遭遇し、追跡されてしまった。これそのものは偶然ではあるだろう。

　ただ確率的に、ここで日本軍潜水艦と遭遇する可能性は高くはないはずだ。にもかかわらず日本軍潜水艦と遭遇するということは、彼らが戦力をマレー半島やジャワ・スマトラ方面に移動させていることを意味するだろう。

　しかしながら、それが早急な日本軍の攻勢準備を意味するのかとなると、テナント艦長はそれも違う気がした。

　つまり、大規模に潜水艦部隊を移動させたとしても、侵攻作戦に与える影響は小さい。南方侵攻作戦は土地の占領が目的となるが、潜水艦では土地の占領はできないのだ。

　侵攻作戦となれば、大規模船団とそれを護衛する艦隊がいなければならない。そうした船団や艦隊は一朝一夕では編成できない。そして現時点で、そうした船団の存在は認められていない。

　では、この潜水艦は何かと言えば、考えられるのは一つ。シンガポールに来航した戦艦プリンス・オブ・ウェールズと巡洋戦艦レパルスへの牽制だ。

　日本にとって、イギリスの新鋭戦艦のプレゼンスは無視できない。しかし、これに対抗する艦隊の編成は容易ではない。

　日本が本気で南方への侵攻作戦を計画しているとして、イギリス戦艦部隊に対抗しようとすれば、いままでの準備をやり直さねばならない。

　その一環として潜水艦の動きを活発にすれば、戦艦といえども行動は慎重にならざるを得ない。護衛艦艇が少ないのだから、潜水艦は脅威である。

では、シンガポールに籠城すればいいのかといえば、それも違うだろう。自分たちの存在感を誇示して日本軍を牽制するための来航である。籠城という選択肢はない。だからこそ、自分たちはアジアにやってきたのではないか。

レパルスについて言えば、いまはダーウィンを目指している。ここで日本軍の潜水艦のためにプレゼンスを減ずるような真似はできないのだ。

「レパルスの将兵全員に聞いてほしい。我々はダーウィンを目指しているが、この海域には多数の日本軍潜水艦が待ち構えている。

日英間は戦争状態にこそないが、関係は緊張している。そのため不測の事態が生じないとも限らない。

しかし、我々は引き下がるわけにはいかない。日本軍の潜水艦が待ち構えていようとも、我々はその姿をイギリス連邦諸国に示さねばならないのだ！」

テナント艦長は部下たちにマイクでそう宣伝した。それは自分自身に言い聞かせることでもあった。

「それで本艦は針路を変更し、スンダ海峡を抜けて、そのままダーウィンへと向かおうと思う」

こうして巡洋戦艦レパルスは大幅に針路を変更した。

4

「ちゃんと寝たのか」

和気機長は交代する会田に声をかける。自分の直が終わり、ここからは会田の担当だ。

「眠ったつもりですが、どうも目がさえて」

「任務は大丈夫か」

「それは問題ありません！」

会田は言う。和気としては、それを信じるよりない。

零式陸上偵察機の試験のなかで、四八時間の連続飛行の実験も行われている。そこでは二人は交代で睡眠をとり任務を完遂した。

しかし開戦直前の準戦時体制で、眼下にはイギリスが誇る巡洋戦艦レパルスがいる。これでは神経が高ぶって寝られなくとも不思議はない。

不思議はないが、和気は会田の睡眠がやはり気になる。せっかくの大戦果を前に、居眠りでそれを台なしにしては泣くに泣けない。

とはいえ、眠れないのは和気も同じだ。寝ているのか寝ていないのかも曖昧な状態で横になる。そうしたなかで和気は、会田が打電する音を聞くともなしに聞いていた。

「レパルスが針路を変更したか。現状からすれば、彼らはスンダ海峡に向かっている」

そうして和気は会田の仕事ぶりに安心して、眠りに落ちた。

巡洋戦艦レパルスがダーウィンに向かっている。艦隊司令部からのその一報で、伊号第五四潜水艦の小林茂男《こばやししげお》潜水艦長は躊躇《ためら》わずに現場に向かった。

そもそも、彼らの配置目的がイギリスの二大戦艦の動向を見張るためのものだったから、移動は命令の枠内との認識だ。

しかし、巡洋戦艦レパルスは僚艦の伊号第五三潜水艦に発見された。それでも小林潜水艦長はレパルスを目指した。自分たちの現在位置が比較的近いと判断されたからだ。

じっさい彼もそこまで焦ってはいなかった。戦端が開かれるのはわかっていたが、それまでにはまだ時間があり、レパルスと合流することは十分可能だ。

理想は、開戦と同時にこの巡洋戦艦を撃沈することである。もちろん、レパルスがシンガポールに引き返すなら状況は違ってくるが、いまのところそのような動きはない。

おそらく、僚艦とともにレパルスを追跡することになるのではないか。小林潜水艦長はそんなことを考えていた。

しかしながら緊迫した国際情勢のもと、仮想敵国の潜水艦に追跡されることの意味を、レパルスの側も十分理解していたらしい。確かにそれは常識の範疇《はんちゅう》の判断だ。

レパルスは浮上中の潜水艦を発見し、それによる追跡意図が明らかになると全速力で潜水艦を引きはがし、スコールの中に消えたという。

そこまでは潜水艦部隊からの報告だった。

それでも小林潜水艦長は追跡を諦めなかった。なぜなら、レパルスがシンガポールに戻るのであれば、スコールに突入して潜水艦の追跡をまこうとする必要はないからだ。

追跡を振り切ろうとすることこそ、彼らが目的地に向かっていることを意味する。どこかに向かっているのかはわからない。発見場所からすれば、フィリピンの可能性も香港の可能性もオーストラリアの可能性も否定できない。

だが、小林潜水艦長にとってそんなことはどうでもよかった。どこに向かっていようとレパルスと邂逅《かいこう》すれば、それでいい。

現在位置はわからないものの、とりあえず見失った位置までは移動できる。伊五三潜も引き続き索敵を続けるならば、いずれ発見されるはずだ。

その予想は別の形で裏切られた。

艦隊司令部からの情報によると、レパルスはスコールに飛び込んでから、どうやらスンダ海峡を目指しているという。

どうしてそんなことがわかったのか、小林には疑問だった。潜水艦の情報ではあり得ない。ならば偵察機なのか？

確かに海軍航空隊に画期的な偵察機があるという噂は耳にしていた。とはいえ、噂は噂に過ぎない。

それに、偵察機がどうしてスコールに飛び込んだレパルスの所在を知ることができたのかも疑問だ。あるいは、イギリスの通信傍受か何かかもしれない。

伊号第五四潜水艦は水上偵察機が搭載されていない分、火力が強化されていた。機関の変更により航続力は延びていたが、最高速力は一七ノットにとどまった。それだからこそ、小林潜水艦長は新たな情報をもとにレパルスへと急いだ。

驚いたことに、定時報告ではレパルスの正確な所在が報告され始めた。これはやはり通信傍受のたまものなのか。

「現在の針路ですと、スンダ海峡の入口あたりで我々はレパルスの頭を押さえられます」

航海長の報告は、小林が待ち望んでいたものだ。スンダ海峡の入口で正面から日本軍の潜水艦が出迎えた時、彼らはどんな顔をするだろうか？

「よし、それで行くぞ！」


「真正面に潜水艦だと……」

テナント艦長はレーダー室の報告にめまいがした。どうして連中に、自分たちがスンダ海峡を抜けるとわかったのか。

「やはり、あれは日本軍の潜水艦だったのでは？」

「かもしれんな」

巡洋戦艦レパルスと同行する駆逐艦二隻は、先に潜水艦らしい反応を二度ほど捉えていた。

それは聴音機に対する推進機音程度のものであり、信頼性に疑問はあった。テナント艦長も神経質な駆逐艦のソナー手が過敏に反応したものと思っていた。

レパルスの速力に追躡《ついじょう》できる潜水艦はないはずだし、聴音機の性能も二〇ノットを超えると急速に低下するからだ。

もっともテナント艦長としては、現実に日本軍潜水艦と接触している以上は神経質になるくらいがちょうどいい。そんな風に考えていたのだ。

しかし、駆逐艦のソナー手たちのほうが正しかったのかもしれない。あれはやはり潜水艦で、自分たちの位置を報告していたのだ。

考えてみれば、異なる潜水艦二隻がレパルスを目撃すれば、そこから針路と速度を割り出すのはそれほど難しくはない。もちろん精度は低いのだが、スンダ海峡を目指していると予測するのはそれほど困難な作業とも思えない。

おそらく日本海軍はあらゆる方角から潜水艦をシンガポールに集結させようとしており、正面から現れた潜水艦もその中の一隻ということだろう。

「原速に戻してスンダ海峡を目指すが、ぎりぎりのところで反転し、北上する」

テナント艦長はそう決定した。

「スンダ海峡には進まないのですか」

「海峡内は大型艦より潜水艦のような小型艦のほうが小回りがきいて有利だ。しかもマラッカ海峡と比較して、スンダ海峡は水深がある分、潜水艦には動きやすい。

万が一にもスンダ海峡で入口と出口を潜水艦に封鎖されれば、我々は袋のねずみだ」

「開戦にもなっていないのに、そのような行動は国際法違反では？」

「潜水艦艦長の首を二、三人ばかり飛ばせば大英帝国の主力艦一隻を無力化できるとなれば、国際法を無視する価値はあるだろう。

そうするかどうかは彼らの考えなのでわからんが、封鎖を決意された時、海峡内にいるのは不都合だ」

「しかし、ぎりぎりまで接近し、彼らには海峡に向かうと思わせる？」

「どこまで効果があるかはわからんが、敵潜水艦が一カ所を目指してくれるなら、こちらとしても楽だ。そこから引き離せばいいからな」

そんな考えを知ってか知らずか、日本軍潜水艦は一度はレパルスと反航し、その後、反転して後方から追跡に入ってきた。

それに対して駆逐艦が接近して追い払おうとすると、潜水艦は距離を開けた。しかし、追跡そのものは諦めない。

むしろ駆逐艦を呼び寄せたのはテナント艦長のほうだった。二隻しかいない駆逐艦の一隻がレパルスと離れすぎたら、別の敵潜水艦が接触した時、非常に危険な状態になるからだ。さすがに駆逐艦一隻ではあまりにも無防備すぎる。

そうしたなかで最新の気象情報が入ってきた。もうすぐこの周辺は天候が悪化し、スコールがやってくる。

そこでテナント艦長はそれまでの間、海峡には入らず、東に針路を切ったり西に戻すような、海峡に入るのか入らないのか曖昧なまま航行を続ける。

スコールになれば視界が悪化する。自分たちはレーダーが使えるから脱出は容易だが、潜水艦は違う。今度はここで、彼らがジレンマに陥る。

スコールが通り過ぎた時にレパルスの姿はない。それがスンダ海峡を通過したのか、しなかったのか、彼らには確認する術がない。

日本軍潜水艦はこれにより、スンダ海峡に向かうべきかそうではないか、判断に苦しむことになるだろう。

そうしてレーダーは待ちに待っていたスコールを捉えた。巡洋戦艦レパルスはそれに向かって全速力で突入していった。

レーダーは日本軍潜水艦の追跡を確認したものの、あえて彼らの鼻先において別行動をさせた駆逐艦により明後日の方角に誘導され、レパルスとは大幅に距離を置くこととなった。こうして駆逐艦もレパルスのレーダーの支援を受けて本隊と合流した。

スコールを抜け、周囲が肉眼でも確認できるようになった時、すでに潜水艦の姿は消えていた。

５

昭和一六年一二月七日、スマトラ島周辺。

和気・会田組の零式陸上偵察機は燃料補給と休養のために一度サイゴンに戻り、僚機が巡洋戦艦レパルスの監視を引き継いだ。

ちょうどスンダ海峡で日本軍潜水艦部隊をまこうとしていた時である。その時の操縦は和気であったが、会田も眠ることなく電探に張りついていた。

気象観測用電探などはなかったが、上空一万メートルを超える世界から下を見れば雲の動きもわかる。

レパルスがスコールの接近を待って不自然な移動を繰り返していることは容易に予想がついた。

ただ、このスコールをレパルスも電探で知って利用しようとしているのはわかったが、潜水艦をまいてから、どう動くのかはわからなかった。

海峡の入口付近から動かないというのは、海峡を突破するとも解釈できるし、突破したと思わせたいだけとも解釈できる。

スンダ海峡を突破するのは遠回りであり、駆逐艦の燃料の心配が生じるのだが、駆逐艦二隻程度ならレパルスからも給油可能で、このへんの判断は敵の艦長の腹ひとつだ。

そして、レパルスはスコールに突入して、日本軍の潜水艦を翻弄するとスンダ海峡を通らずにそのまま東に向かった。

ここまで確認して和気は僚機と交代した。

空中給油という方法もあるが、いまここで給油可能な高度まで下がるのは危険であるし、最悪、空中給油の秘密をイギリス海軍に知られるのは避けねばならない。

陸偵に関しては、技量では彼らが海軍でもトップクラスであったが、高高度陸上偵察機を運用できる搭乗員はまだ少ないため、中堅どころに経験を積ませる必要があったためだ。開戦はすでに秒読みに入っているのだ。

和気機はそれからサイゴンに帰還し、休養の後に再び僚機と交代した。あと半日で日本軍はマレー半島に上陸し、日本は戦争状態に至ることになる。

幸いにも巡洋戦艦レパルスは、零式陸上偵察機の存在には気がついていない。直上周辺では彼らの電探も陸偵を探知できないらしいのと、天候が良好とは言いがたいため、電探でも肉眼でも発見されていなかった。

ただ、巡洋戦艦レパルスの航跡は明らかに混乱していた。陸偵からの通信を受けて周辺の潜水艦が接触のために移動し、その潜水艦と接触するとレパルスは針路を変更する。この繰り返しであったらしい。

この間にイギリス海軍とオランダ海軍の間で何

か話し合いが行われたのか、巡洋戦艦レパルスはスンダ海峡を抜けずにスラバヤ方面に向かったのだ。伊号第六五潜水艦が追跡していたが、今回ばかりはレパルスは針路を変えなかった。

ここで、オランダ艦隊がスラバヤから軽巡洋艦と駆逐艦の部隊を向けた。どうやらレパルスはこの部隊と合流するらしい。

この状況で和気機はレパルスを監視し、燃料に余裕のある僚機はスラバヤのオランダ艦隊の監視に向かった。

6

和気大尉は知らなかったが、この一二月七日は大きな動きがあった日であった。

まずイギリスのフィリップス中将は五日に空路、マニラに入っていた。そこで米軍のマッカーサー大将やハート大将の陸海軍最高司令官とともに、日本軍の動きに対してどのように対処するかの話し合いを行っていた。

現時点では連合国諸国による統一司令部の設置は見送られたものの、対日戦力としての艦隊編成などは具体化していた。

そうしたなかで六日、彼は日本海軍に護衛された大規模船団が仏印沖を南下したとの偵察機からの情報を受けて会談を中断し、シンガポールに帰還した。

シンガポールに入ったのが七日である。その後の情報で日本船団はタイに向かったとのことで、時間は稼げると彼は考えた。

ただフィリップス中将は、楽観はできないとも認識していた。巡洋戦艦レパルスが日本軍潜水艦につけまわされているという報告があったからだ。

そこで彼は、レパルスに対してシンガポールに戻るよう命じた。

この時も伊号第六五潜水艦が追跡をしていたが、レーダーでスコールの接近を察知したレパルスは、駆逐艦により潜水艦の艦首前方に実弾射撃を行うという強硬な態度で追跡をやめるよう威嚇した。

伊号第六五潜水艦の原田《はらだ》毫衛《はくえ》潜水艦長は、そのまま一度はレパルスから離れた。

偵察機は監視しているし、いまここで交戦状態にでもなれば、南方に向かっている作戦部隊の苦労を一瞬で覆すことにもなりかねない。それは避けねばならなかったからだ。

こうしてレパルスはスコールに突入した後、シンガポールに針路を切り替えた。ただこの時点で、巡洋戦艦レパルスはシンガポールからかなり離れており、帰還は九日になると思われた。

だが、七日から八日に日付が変わった頃、マレー半島に日本軍が上陸した。

「機長、陸軍部隊がコタバルに上陸したそうです」

会田からの報告を和気は粛々と受け取った。

公式には開戦はいまさっきの話であるが、和気たちにとっては数日前から戦争は始まっている。じじつ彼らの眼下には巡洋戦艦レパルスがいる。

和気はそれを思うと、陸偵が爆撃機であればと夢想する。高度一万一〇〇〇から爆弾を投下したとすれば、空気抵抗のことを考えないなら、命中時の速度は毎秒四六〇メートルほどになる。

　この数値は遠距離砲戦を行った時の戦艦の主砲弾の速度に匹敵する。つまり、一トン徹甲爆弾をこの高度から落下させたら、その威力は四〇センチ砲弾の直撃に匹敵するのだ。

　それを思うと、和気はどうにも落ち着かない気になるのだ。

　巡洋戦艦レパルスも日本軍の侵攻を知ったのだろう。迷走していた針路は最短距離でシンガポールを目指している。和気はすぐにその動きを司令部に打電する。それはおそらく周辺の潜水艦にも伝達されるだろう。

「いまなら各個撃破できるな」

　伊号第六六潜水艦の吉富善之《よしとみぜんの》助《すけ》潜水艦長は、司令部からの通信にほくそ笑む。巡洋戦艦レパルスが出撃し、それを僚艦である潜水艦部隊が各方面から追跡しているという報告がいくつも入っていた。

　開戦前であるから攻撃などできないことは承知していたが、吉富潜水艦長としては自分だけが出遅れたという思いは避けがたい。

　それは彼のせいではなく、戦闘部署がそういう場所だったためであるが、配置につくのが遅れてレパルスに遭遇したものもあるとなれば、運の悪さを思わないではない。

　しかし、いま彼は自分の針路がレパルスと交差することをはっきりと感じていた。すでに戦時であればこそ、誰にはばかることなく雷撃可能だ。

　どこで確認したのか、すでにレパルスの周囲には駆逐艦は一隻だけという。もう一隻は脱落していたらしい。

そうした状況で彼は荒天のなかを司令塔に上り、レパルスが来るであろう方位に双眼望遠鏡を向ける。そこには巨艦のシルエットが確認できた。

「来たぞ」


この時、巡洋戦艦レパルスにとって、小さいが大きな影響を及ぼすトラブルが起きていた。

同行していた駆逐艦二隻のうちの一隻が機関トラブルを起こしたのだ。もともと世代的に旧式の駆逐艦であったため、細かい故障が多かった。

それがレパルスの頻繁な針路変更などにより、無理がたたってしまったのだ。駆逐艦は航行可能ではあったが、部隊に追躡することはできなかった。

それでも部隊がシンガポールに向かっているのはわかっていた。だから駆逐艦はあとから可能なら追いつくということで、部隊からは分離されていた。

そうしてしばらくして駆逐艦から修理完了の報告があった。テナント艦長はそれで問題ないと考えた。

ところが、駆逐艦の速力は再び低下し始めた。しかし、駆逐艦はその時点ではそのことを報告していなかった。

そのタイミングで、伊号第六六潜水艦が巡洋戦艦レパルスに接近したのであった。

天候はいいとは言えず夜間である。レーダーだけが頼りの時に、駆逐艦が現れてもおかしくない状況で潜水艦が入り込んだのだ。

　レパルスのレーダーは潜水艦の姿を捉えたが、目視確認ができる状態ではない。テナント艦長らはなんの疑問も抱かないまま、駆逐艦と思いこんでいたのである。

「さすがに視界が悪いと、敵は気がつかないようだな」

　伊号第六六潜水艦の吉富潜水艦長は、そう思っていた。船の大きさの違いから、彼らは巡洋戦艦レパルスの姿を捉えていた。

　ここで彼はレパルスに肉薄すべく速力を上げ、その前方に出ようとしていた。このことはレパルス側も把握していたが、友軍駆逐艦と信じ込んでいたので、不可解とは思ったものの危険とまでは考えていない。

　さらに潜水艦が接近すると、近すぎてレーダーからも識別できなくなった。レーダーの側は近すぎることが問題とはわかったが、それは視界不良で駆逐艦が自分たちを見失ったためと解釈された。

　テナント艦長は衝突回避のためにサーチライトを点灯した。それは吉富潜水艦長には天恵としか思えなかった。

　サーチライトは潜水艦を捉えきれなかったが、潜水艦は相手の位置を正確に捉えることができたからだ。

　比較的艦齢の古い伊号第六六潜水艦は艦首魚雷発射管が四本で、通常の空気魚雷しか搭載していなかった。それだけに至近距離での雷撃が求められる。

「放て！」

吉富潜水艦長の命令とともに二秒の時間差で、四本の魚雷の航跡が見えた。雷撃終了とともに潜水艦は急速潜航にかかった。

そして、潜航の途中で二発の爆発音がした。雷撃は成功した。

「潜望鏡深度！」

吉富潜水艦長が潜望鏡を出した時、レパルスは沈んでいなかったが、火災を起こしているように見えた。それでも巡洋戦艦は航行している。

「もう一度、雷撃する！」

吉富がそう宣言した時、聴音員が叫ぶ。

「駆逐艦接近中です！」

吉富は迷う。雷撃すべきか逃げるべきか？

その答えを出す前に駆逐艦の爆雷攻撃が始まった。爆雷に翻弄された潜水艦は限界まで潜航するしかなかった。

それでも駆逐艦は執拗に爆雷攻撃を続けた。潜水艦は沈没しなかったが、電池が壊れるなど重大な損傷を負った。

艦内の塩素ガス濃度が深刻な状態になり、自沈覚悟で潜水艦が浮上した時、すでに数時間が経過していた。

浮上した海上は荒れていた。そして、駆逐艦も巡洋戦艦レパルスも、すでにその海域にはいなかった。

第5章　海戦！

1

「日本軍潜水艦は沈没したと思われる」

　駆逐艦からの報告を受けても、テナント艦長は嬉しくもなんともない。それよりも二本の魚雷が命中したことのほうが深刻だ。

　いや、深刻なのは魚雷の命中そのものではない。敵潜水艦の接近をレーダーが捕捉しておきながら、それを友軍の駆逐艦と誤認するなど、あってはならない失態だ。

　その失態が、いま目の前で被雷という形になったのだ。

「注水作業は完了いたしました。艦の水平は復元いたしましたが、速力の低下は避けられません。現状では、最大でも二五ノットが限界です」

　ダメージコントロール班からの報告は、良くも悪くもない。レパルスはこの雷撃で沈没することも、深刻なダメージを被ることもなく、航行を続けることができる。

　ただ速力の低下は避けられず、さらに本格的な修理が必要だ。

　日本軍の侵攻が始まったいま、シンガポールでの修繕は不可能と考えていいだろう。つまり、レパルスはイギリス本国まで戻らねばならないことになる。

　そうなれば、シンガポールに残るのは戦艦プリンス・オブ・ウェールズだけとなるわけだが、現下の状況でそれは容認できない。

　となると、レパルスは傷ついた状態で日本軍と戦わねばならない。しかし、こうなってしまえば、その選択肢しかないだろう。

　そうしたなかで海況は、なお荒れてきた。駆逐艦も航行不能とはならないものの、水中聴音機の感度は低下していた。

「はたして敵潜と再び遭遇することになるのか……」

　テナント艦長の最大の懸念がそれだ。

　ここまで何度となく日本軍潜水艦と遭遇してきた。侵攻前だから攻撃されなかったが、今後はそうはなるまい。

　遭遇したら互いに攻撃することになる。だが、いまの自分たちには対潜戦闘の助けになるのは駆逐艦が一隻だけだ。

「敵潜らしき推進機音を捕捉！」

　駆逐艦が報告する。テナント艦長は速力を二〇ノットまで上昇させる。

　ところが、それからしばらくして突然、駆逐艦が爆発した。明らかに雷撃を受けたのだ。魚雷は三本が命中し、駆逐艦は轟沈状態だった。

　レパルスは駆逐艦の乗員を救助しようとはしなかった。

　駆逐艦を仕留めるために魚雷を三発も使うやつはいない。敵潜はレパルスを雷撃しようとして失敗したのだ。

救難作業で停止することは自殺行為だ。レパルスが沈没したら、救助にあたれる船はないのだ。じっさい状況はよくない。駆逐艦を仕留めた潜水艦は、まだこの海域にいるのだ。

速力を二五ノットまで上げたが、これは失敗だった。先の雷撃で閉鎖した隔壁がそれによる水圧で決壊してしまった。

ダメージコントロール班がすぐ再び隔壁の修理にあたるが、速力は急減するよりなかった。

まさにそのタイミングで、三本の魚雷がレパルスの舷側に命中する。さらに、それから一分しないうち反対舷に魚雷が二本命中してしまったのだ。

合計五本の魚雷と先の雷撃の二本。総計七本の雷撃を受け、巡洋戦艦レパルスは急激に浸水し、横転してしまった。

緊急事態であり、沈没を打電するのが精一杯であった。ボートで脱出できたのは一〇〇人に満たない。

こうして巡洋戦艦レパルスは日本軍の潜水艦による集中打を受けて沈没した。それが日英の発表であったが、日本海軍は零式陸上偵察機の存在が多大な貢献をしていたことについて、一言もふれなかった。それは最高機密であったためだ。

昭和一六年一二月八日、シンガポール。

イギリス海軍のフィリップス長官にとって、レパルス沈没の一報は日本軍の侵攻以上の衝撃をもたらした。

主力艦二隻と後方で編成中の空母を含む艦隊で日本海軍と対峙する。それが、当面のイギリス海軍のアジア戦略だった。その前提が、レパルスの撃沈によって水泡に帰してしまった。

後方の部隊編成は、まだ完成していない。そうなると、日本軍の上陸を阻止できるのは戦艦プリンス・オブ・ウェールズしかない。

「戦艦プリンス・オブ・ウェールズを出撃させる」

フィリップス長官は即決した。

レパルスが日本軍潜水艦に撃沈されたのは事実だが、それはまだシンガポールから離れている。ここまでの状況を見ると、日本軍の潜水艦はシンガポール封鎖に向かっていたが、レパルスの航行を発見したことで、それらは目標をレパルスに定め、そこに集中した。

いま考えると、潜水艦部隊はスンダ海峡側から北上する集団とシンガポール側から南下する一団によりレパルスを挟撃しようとしたのだ。

すでにその時点で日本海軍は侵攻を計画していたから、開戦劈頭に単独航行するレパルスを最初に血祭りにあげようと考えた。

しかし、この結果としてシンガポール周辺の日本軍潜水艦はすべてレパルスが引き受けた形になっている。だから、いまシンガポールを出港すれば、潜水艦の封鎖は避けられる。ここで出遅れれば、シンガポールを機雷封鎖されることだって考えられるのだ。

こうして駆逐艦三隻を伴い、戦艦プリンス・オブ・ウェールズはシンガポールから出撃した。

ただフィリップス長官は、どこに向かうかについて明確な方針はなかった。

レパルスを失ったいま、日本海軍と正面から戦うのは愚行であろう。さりとて何もしないという選択肢もない。

とりあえず、シンゴラなりコタバルにいるらしい日本船団を奇襲することとした。攻撃目標が漠然としているのは、イギリス軍も状況がまるでわかっていなかったためだ。

開戦と同時にイギリス軍の飛行場は、どこからともなく現れた日本軍機の奇襲を受けて、夜明け前までに壊滅していた。これは電撃戦隊の空母部隊によるものだった。

コタバルの日本軍部隊に関しては、空母の先制攻撃と戦艦の砲撃による海岸の防衛陣地の破壊が行われたが、これによりイギリス軍は日本軍の戦力を必要以上に過大に判断することとなった。

そのため戦艦プリンス・オブ・ウェールズはマレー半島沿いの北上を避けて、一旦は東に進み、その後に北上する針路を選んだ。日本軍の偵察機に遭遇しないためである。

目的は一撃離脱の船団攻撃であり、フィリップス長官はその後に南下してスラバヤのオランダ艦隊と合流するか、あるいは北東に進んでフィリピンのアメリカ艦隊と合流することを考えていた。

ともかく現在の状況は、艦隊としてバランスが悪すぎる。駆逐艦や巡洋艦を増やしてバランスの取れた編制にしなければ、戦艦プリンス・オブ・ウェールズ本来の力を発揮できないだろう。

この時、戦艦プリンス・オブ・ウェールズに幸いだったのは、零式陸上偵察機によるシンガポール偵察が行われていなかったことだった。和気大尉らの機体はレパルス追撃戦に従事しており、それにより彼女は潜水艦部隊に撃沈された。

一方、偵察機の偵察機はシンゴラからコタバル方面で敵軍の動きを電探で監視していたため、シンガポールだけは一時的に穴があいている状態だったのだ。

こうして戦艦プリンス・オブ・ウェールズがシンガポールを脱出して数時間後、和気大尉の陸偵がシンガポールに戻った時、彼らはシンガポールの軍港に戦艦プリンス・オブ・ウェールズの姿がないことを認めた。

「シンガポールに戦艦なし！」

この一報は日本軍に衝撃をもたらした。

しかし、それをチャンスと考える者たちもいた。

第六電撃戦隊もその一人だった。

2

連合艦隊の第六電撃艦隊は小沢治三郎《おざわじさぶろう》中将のマレー艦隊の隷下にあった。

その任務は船団護衛ではなく、陸軍部隊の上陸支援と制空権確保にあった。編制は新鋭空母瑞鶴と高速戦艦比叡を中核とし、護衛の駆逐隊一個を伴っていた。

空母翔鶴を持つ第五電撃戦隊と第六電撃戦隊は、マレー作戦においてはシンガポール方面の航空攻撃が予定されていたが、進出についてはかなり後ろのほうだった。

これは瑞鶴・翔鶴のもう一つの編制である第五航空戦隊が編成されたばかりであり、部隊の練度が低いと考えられていたためだ。

だからシンガポールの航空攻撃などとは言われていたが、じっさいは主攻に対する助攻であり、はっきり言えば遊撃戦力扱いであった。

そんな時に、シンガポールから戦艦プリンス・オブ・ウェールズが脱出したとの一報が入ったのである。

第六電撃戦隊の鳴山辰夫《なるやまたつお》司令官は旗艦である比叡の作戦室で、流澤竜介《ながれざわりゅうすけ》専任参謀とその報告を受けていた。

「状況から判断して、戦艦プリンス・オブ・ウェールズが出港したのは、レパルスが撃沈されてからでしょう。さもなくば出撃する理由がない。だとすれば、それほど遠くには行かないはずです。陸偵はレパルスを追撃し、撃沈後にシンガポールに戻っています。もし戦艦プリンス・オブ・ウェールズがシンガポールから南下していたなら、陸偵に発見されないはずがありません。

一方で北上していたならば、我々なり五電戦（第五電撃戦隊）と接触していたはずです。ならば、戦艦プリンス・オブ・ウェールズは東方に向かったと考えられます」

流澤先任参謀はそう分析した。

「我々に発見されないよう東に向かい、それから北上してコタバルの船団を狙うか、フィリピンに向かうか、あるいは南下してスラバヤのオランダ艦隊と合流するかのいずれかか」

鳴山司令官は考える。

そもそも戦艦プリンス・オブ・ウェールズと自分らは戦えるのかという疑念はある。砲火力では比叡より戦艦プリンス・オブ・ウェールズのほうが上なのだ。

「やはりここは、航空隊が戦艦プリンス・オブ・ウェールズを叩き、その戦力を減殺したのちに、比叡で砲戦に持ち込むのが常道ではないでしょうか」

先任参謀の意見は、鳴山司令官にも納得できるものだった。

この時代の常識として、戦艦の重厚な対空火器に対して航空機の接近は難しいというものがあった。海軍航空隊は航空機技術の進歩を主張するが、それに対してどこまで信用すべきかは未知数だ。

「それと、索敵機を出すべきでしょうか」

「索敵機か……いや、出さなくてもいいだろう。まだ夜であるし、天候もよくない。当面は比叡の電探を頼りにするよりないだろう。ともかく我々は東に向かう」

3

シンガポールに戦艦プリンス・オブ・ウェールズがいないことを察知した和気大尉らの零式陸上偵察機は、その針路を東寄りに向けた。

天候は良好とは言えなかった。そのため索敵は電探によるしかなかった。

陸偵の電探は真下に電波を向けていたが、索敵範囲が広がると分解能が下がる可能性があった。範囲を絞ると分解能は高くなる。

会田はこの時、索敵範囲を広げていた。分解能は下がるとしても、戦艦プリンス・オブ・ウェールズのような大型軍艦など、この海域にはそうそういるものではない。それに反応するとしたら、戦艦プリンス・オブ・ウェールズしかいない。

　ただ荒天のためか、電探の反応はいまひとつ安定しなかった。

「機長、電探に反応がありますが感度が安定しません。この周辺にいることはわかるのですが、距離が絞りきれません」

「ともかく、この海域にいるのだな？」

「それは間違いないようです。アンテナの組み合わせを変えると反応がないからには、特定領域にいるのは間違いないのですが絞りきれません」

　和気も陸偵の電探については知っている。電探は胴体下と機首、尾部、さらに主翼の両端に八木アンテナが装備されている。

　機首と尾部のアンテナを除けば、ほかのアンテナは引き込み式なので空中で展開される。引き込み式なのは、アンテナの角度をある程度変化させるためでもある。

　ただ、相手の反応はレシーバーからの音の変化で感知するので分解能については限度があったが、偵察機に電探を載せるとなれば、この程度の簡易化は仕方がなかった。

「天候のせいでしょうか。本機の下、二〇キロ前後に反応がありますが、方位がはっきりいたしません」

　和気はその理由について見当がついた。

　電探が下に電波を照射する構造であるから、陸偵が天候の影響を受けて、わずかでも左右に振れていれば下の反射波をおかしな角度で受信することもあるだろうし、海況によっては波が大型艦のように反射波を返さないとも限らない。

そこで和気は、現在位置から大きく円を描くように飛行してみた。そうすれば角度関係は変わるので変化があるだろう。

「電探が安定しました。本機の北西に大型艦の反応です」

「よし。司令部に報告だ」

和気はこれで戦艦プリンス・オブ・ウェールズを特定したと考えた。しかし、司令部からの返信は予想外のものだった。

「その軍艦は友軍である。再捜索せよ」

どうしてなのか、そこには戦艦部隊がいたらしい。

「どういうことだ?」

和気には何が起きたかわからなかった。

4

「日本軍艦隊は追尾してこないな」

「はい。依然同じ針路を航行してます」

その報告にフィリップス長官は安堵した。

「どうやら、我々のレーダーの性能に助けられたな」

シンガポールから東進していた戦艦プリンス・オブ・ウェールズのレーダーが前方に日本軍部隊を察知したのは、相互の距離が二〇キロを切ったあたりだった。

悪天候で波浪が高く、水上見張レーダーも遠距離では船と波濤の区別が難しかったためらしい。

つまり察知はしていたが、接近するまで識別困難だったということだ。

「なぜこんなところに？」

驚く艦長に対して、フィリップス長官は説明する。

「レパルスが撃沈されたとしたら、戦艦プリンス・オブ・ウェールズは出撃する。彼らはそう考えたのだ。南北に進めば日本軍と遭遇するなら、奇襲を試みるとすれば東進し、そこから北上するしかない。そう、彼らは我々の行動を読んでいたのだ」

「それにしても、このタイミングで敵部隊と遭遇するなどあり得ないのでは？」

艦長は自分たちの行動が読まれていた可能性を受け入れがたいようだった。

「あの日本軍部隊は我々を目指していたんじゃないだろう。レパルスが発見された時点で、それと戦うためにスンダ海峡を目指していたんだ。それがいま、我々と遭遇したわけだ」

さらにフィリップス長官は言葉を足す。

「もっとも、彼らは我々と遭遇したことに気がつかなかったようだがな」

その読みは当たっていた。

第六電撃戦隊は夜間ということと陸偵も飛んでいるため、空母からは索敵機は出さず、電探だけが頼りだった。

しかし、レーダーの性能ではイギリス海軍に一日の長がある。彼らは電撃戦隊を捕捉していたが、電撃戦隊側はなるほど電探が戦艦プリンス・オブ・ウェールズを捕捉してはいたが、分解能が悪いために識別できなかったのである。

さらに、陸偵は戦艦プリンス・オブ・ウェールズと電撃戦隊が二〇キロまで接近した現場にいて、中間地点の上空を旋回していたために両者を捕捉していたが、下方視界は確保できなかったので、一つの目標が二つに感知されていると判断した。

だから、戦艦プリンス・オブ・ウェールズの存在を知らない第六電撃戦隊が、その位置は自分たちだと陸偵に司令部経由で通知したため、発見されていた戦艦プリンス・オブ・ウェールズは脱出に成功したのであった。

日本艦隊はそのまま西進したようだったが、問題は自分たちだ。一度は南下して敵をかわしたが、これはフィリップス長官の選択肢を狭める結果となった。

現状では、敵部隊と正面から撃ち合うのは戦術的には不利である。しかし、それはそれとしてレパルスは沈められ、自分たちは敵を撃破するかと思われたものが、現実には敵と接近しながら戦いを避けた。

「フィリップスは腰抜けではないか？」

そんな空気が戦艦プリンス・オブ・ウェールズの艦内に流れることは、彼自身も予想していた。戦術的判断の是非はともかく、士気には悪影響を及ぼした。

だから敵船団を撃破する必要が、どうしても出てくる。となれば、再びコタバルに向かわねばならない。

自分たちには勝利という事実が必要なのだ。

この時、フィリップス長官は自分たちのシンガポール出撃は日本海軍には知られていると判断していた。シンガポールが敵の目的地なのだから、監視されていると考えるべきだろうし、レパルスの撃沈もそうした監視体制の産物と考えればつじつまが合う。

さもなくば、開戦劈頭にレパルスが潜水艦につけまわされ、撃沈されるはずがない。

そうだとすれば、コタバルの日本船団は揚陸作業を中断し、後方に下がるはずだ。おそらくは仏印方向に向かうだろう。

だから戦艦プリンス・オブ・ウェールズが向かうべきは、その敵船団が下がった海域であるはずだ。

これに関しては自分たちが有利だ。日本が商船にレーダーを搭載するはずがないから、船団は悪天候では周囲の警戒にも限度がある。対して自分たちはレーダーにより船団を発見し、敵艦隊の側背を襲うこともできる。

この場合、戦艦プリンス・オブ・ウェールズが向かう場所はオランダ艦隊のいるスラバヤではなくフィリピンだ。

戦艦プリンス・オブ・ウェールズはアメリカ艦隊と合流するのだ。そうすれば艦隊戦で日本軍と対峙できる。

「針路変更、コタバルの日本船団に向かう！」

5

「おかしいな」

和気機長は東進を続けながら疑問を感じていた。

南北に展開している日本軍は、いまだに戦艦プリンス・オブ・ウェールズを発見できていない。

ならば東進している自分たちが何かを発見してしかるべきなのだ。現に、自分たちは第六電撃戦隊を発見したではないか！

「しまった！　戻るぞ、会田」

「戻る？」

「電探の分解能が安定しないと言っていただろう。あの電撃戦隊と言ってたやつだ。あれは分解能の問題じゃない。敵味方がたまたま一〇キロ、二〇キロという近距離まで接近していたのだ。

そして戦艦プリンス・オブ・ウェールズだけが、おそらく電探で電撃戦隊を発見し、回避したのだ」

「友軍艦艇の電探では、戦艦プリンス・オブ・ウェールズは発見できなかったと？」

「いや、捕捉はできていたのかもしれない。ただ天候の悪化のために識別ができなかったのかもしれん。残念ながら、電探の性能では敵が上ということだろう」

和気はすぐ司令部に自分の見解と針路変更を行うことを告げる。

そして、陸偵は日英艦隊が最接近したであろう海域に向かった。それは回避した戦艦プリンス・オブ・ウェールズがどう動くかという考えからだ。

分解能の悪さと思っていたものは回避した結果で、その時の陸偵の位置を考えるなら、戦艦プリンス・オブ・ウェールズは南下して逃げた。

しかし、レパルスが撃沈された海域にあえて向かうはずもなく、再度の変針が必要となる。

彼らは第六電撃戦隊を発見し、回避した。したがって向かうのはやはり東進し、さらに北上ではないか？　和気機長はそう考えていた。

そうしてほどなく会田が興奮気味に報告する。

「電探に反応あり！　戦艦プリンス・オブ・ウェールズです！」

6

「わずか二〇キロまで接近していただと！」

第六電撃戦隊の鳴山司令官にとって、陸偵の報告は驚きとともに己への怒りを招いた。

二〇キロと言えば、砲戦距離ではないか。しかし、敵は自分たちを発見し、それを回避してしまった。

なぜ戦わなかったのかは相手のあることだから、こちらにはわからない部分も多い。ただ、夜間で悪天候では砲戦可能な距離とはいえ、弾着観測も難しく戦艦プリンス・オブ・ウェールズの利点を活かせないと判断したのだろう。

また、電探では空母も戦艦も識別できないから、戦艦プリンス・オブ・ウェールズは日本海軍の戦艦を二隻と考えて海戦を回避したとも考えられる。

しかし、それならばこそ、自分たちこそ戦艦プリンス・オブ・ウェールズに引導を渡さねばならぬ。

そうした時に司令部より再び情報が入る。陸偵が戦艦プリンス・オブ・ウェールズを発見したというのだ。

「本隊はこれより戦艦プリンス・オブ・ウェールズ撃破に向かう！」

7

伊号第五三潜水艦の中村省三潜水艦長は、司令部からの通信に運命的なものを感じた。

巡洋戦艦レパルスを最初に発見した潜水艦にもかかわらず、彼はレパルスを撃沈した狼群戦術の潜水艦に加わることができなかった。

だが、いま戦艦プリンス・オブ・ウェールズの進行方向と現在位置は、自分たちが雷撃を行う最善の位置関係ではないか！

天候は決してよくない。司令塔の見張員もゴム引きの合羽を着ながら配置につかねばならなかった。

彼らに幸いしたのは、この天候により戦艦プリンス・オブ・ウェールズのレーダーの感度も低下していたことだ。

陸偵のおかげで戦艦プリンス・オブ・ウェールズの位置や針路、速度もわかっている。だから戦艦プリンス・オブ・ウェールズがどこにいるのかは、中村潜水艦長もほぼ把握していた。

そして、戦艦プリンス・オブ・ウェールズとの邂逅は未明と思われた。

「そろそろか……」

中村潜水艦長は、戦艦プリンス・オブ・ウェールズが現れるであろう方角に視線を集中させる。

やがて靄《もや》の中にシルエットが見える。肉眼では不安に思い、双眼望遠鏡を向ける。それは錯覚ではなく明らかに実体があった。

「急速潜航！」

伊号第五三潜水艦は急速潜航し、戦艦プリンス・オブ・ウェールズの予想針路から割り出された最適な射点に待機する。

発射管すべてに魚雷を装填し、戦艦プリンス・オブ・ウェールズの接近を持つ。

「放て！」

水雷長の命令とともに、最初の一本が発射された。それから二秒遅れて二本目が発射されるはずだった。だが発射できない。

「発射管に故障です！」

前部発射管室より悲鳴のような報告が入る。発射管のトラブルが起きたという。中村は怒鳴りたい衝動をなんとか抑える。

「早急に修理せよ！」

中村としては、そう命じるしかない。ともかく一本は発射できたのだ。

そして、その一本は命中した。爆発音が潜水艦を叩く。

しかし、発射管の故障は深刻だった。部下の怠慢ではなく魚雷扉周辺の故障らしい。工作艦に頼るか軍港に入るしかない。

発射管の魚雷は中途半端な場所で動かなくなり、さらにこの影響で射撃盤も使えなくなり、三番から六番までの発射管も使えなかった。

それでも中村潜水艦長は諦めなかった。艦尾発射管の二門がある。反転してこれを使えば再度の攻撃ができる。

だが、そうは簡単にはいかなかった。駆逐艦が一隻、急激にこちらに接近していた。

彼らの魚雷は酸素魚雷ではなく空気魚雷であり、

航跡は明確である。駆逐艦が潜水艦の位置を捕捉するのはそれほど難しくはない。

じっさい探信儀の音が接近し、それはだんだんと探信音の間隔を短くしていた。そして探信音が最大になった時、爆雷が降ってきた。

爆雷の深度調定は必ずしも正確ではなかったが、伊号潜水艦の船体は激しく揺れ、一部では浸水も起きた。

中村潜水艦長はここで最大戦速で現場を脱出し、限界まで潜航する。それでも潜水艦は沈み続ける。

潜航がとまったのは深度一〇〇メートルの海中だった。安全潜航深度は超えているが、ともかく潜水艦は生きていた。

爆雷は降り続けたが、駆逐艦も潜水艦の位置を見失ったのか、爆雷はどんどん遠ざかっていた。

しかし浮上など問題外だ。

そうして彼らが安全だと判断して浮上した時、戦艦プリンス・オブ・ウェールズの姿はもうなかった。

8

「隔壁閉鎖、完了しました」

戦艦プリンス・オブ・ウェールズのリーチ艦長はその報告を受けたが、状況は楽観できなかった。

魚雷一本の損傷は致命傷ではなかったとしても、この先にも潜水艦などがいないとは限らない。それは絵空事ではない。レパルスは日本軍の潜水艦集団により沈められたのだ。

そろそろ明るくなってきたが、天候は波浪こそなかったが靄が広がって良好とは言えず、視界は一〇キロがせいぜいだろう。

対空レーダーは不安定で、何時間も近くに飛行機がいるようなダミーを察知するので停止している。

どのみちこの視界では、友軍機も敵機も飛ばないだろう。頼みの綱は水上見張レーダーだけだ。

そして、リーチ艦長にレーダー室から報告がある。

「微弱ですが、敵艦隊と思われる反応があります」

9

「攻撃隊を出す。準備せよ」

空母瑞鶴の横川《よこかわ》艦長は鳴山司令官の了解のもと、攻撃隊を編成させた。

特に彼は艦攻隊の雷撃能力に可能性を見ていた。それは、戦艦プリンス・オブ・ウェールズは水線下防御が比較的脆弱《ぜいじゃく》と言われていたためだ。それならば雷撃は効果があるはずだ。

瑞鶴の乗員にとって、この戦闘は重要だった。航空機で主力艦を撃沈できるのかどうか、それを証明するはじめての試みであるからだ。

「どうだ、やれそうか？」

飛行長の質問に、待機中の雷撃隊の隊長は率直な意見を述べる。

「敵艦との距離は五〇キロとのことですが、視界は決してよくない。計器飛行に頼るしかない。だから鍵は計器飛行の練度になる」

「つまり、結論は？」

「結論、攻撃に出る。それ以外の結論はありません！」

隊長は不敵に笑った。

こうして戦闘機、艦爆、艦攻の順番に攻撃隊は出撃する。第一次攻撃隊は二七機で、それぞれ九機が出撃した。

これは雷装し、滑走距離がもっとも大きな艦攻に飛行甲板を可能な限り確保させるためだ。すでに瑞鶴も最大戦速で艦首を風にあてて速力を稼いでいる。そのため瑞鶴だけが戦隊から一時的に離れていた。

戦闘機隊、艦爆隊、雷撃隊は順次敵艦に向かっていく。艦攻による水平爆撃は視界が悪いので見送った。

発艦までは順調に推移した。しかし、航空隊はすぐ困難に見舞われた。視界が悪いために戦闘機隊、艦爆隊、雷撃隊のそれぞれの部隊が、友軍を見失ったのだ。

これはそれぞれの部隊の飛行高度が違っていたためで、部隊が機位を見失ったわけではなかったが、攻撃隊長としては気になる部分だ。そしてこれは杞憂ではなかった。

「敵艦発見、攻撃する！」

艦爆隊の隊長から報告があり、彼らはすぐ攻撃に入った。九機の艦爆は三機一組、三組となって攻撃に入った。

最初の艦爆は靄が薄まった時に敵艦の姿を認めた。艦爆はすぐそれに対して急降下爆撃をかけた。

「全機突撃せよ」を命じたのだ。

これは当然のことで、視界が思わしくない時であり、九機すべてを投入しなければ命中はおぼつかないと判断された。

最初の一組は、三機すべてが至近弾にはなったが爆弾を外してしまった。しかし、第二組は一発の命中弾を得て、さらに三組目は二発の爆弾が命中した。

爆弾が命中した敵艦は激しく炎上を始めた。それは靄を明るく照らすかのようだった。

そして、彼らはわかった。自分たちが爆撃したのは戦艦プリンス・オブ・ウェールズではなく、護衛駆逐艦であったことに。

これは艦爆隊にとって驚愕すべき事実であった。しかし、もはやどうにもならない。ともかく駆逐艦がいるからには、本丸の戦艦プリンス・オブ・ウェールズは近くにいるはずなのだ。


こうして艦爆隊は駆逐艦一隻を撃沈して帰還することとなる。

じつは雷撃隊は、艦爆隊が攻撃を開始したことは把握したが、どこで戦っているのかがわからなかった。近くなのは間違いないだろうが、どうやら艦爆と艦攻は思った以上に距離が開いていたらしい。

もともと艦攻と艦爆は高度も距離も集団として離れていたので、この濃霧に近い状況では、艦攻隊も艦爆隊も自分たちの僚機の位置は確認できたが、それ以上となると的確には把握できなかったのだ。

それでも集団としては移動できたから、敵艦さえ発見できれば爆撃に問題はないと思っていた。視界は悪いがところどころ海面は見えるから、戦艦のような大きな物がいれば発見できないわけがない。

しかし、ここで大きな問題はすべてが陸偵の電探による把握であるということだった。そして陸偵は天候が悪いことと邂逅が主に夜間であったため、戦艦プリンス・オブ・ウェールズ以外の存在は把握していなかった。

これは陸偵の落ち度ではない。陸偵は戦艦プリンス・オブ・ウェールズを追跡するという目的は十分に果たしていた。ただ、第六電撃戦隊とのニアミスを見逃すという失態のために、再捜索では分解能の低下を甘んじても発見の可能性の拡大を優先したのだ。

それは確かに効果があり、じじつ戦艦プリンス・オブ・ウェールズは再び彼らの監視下に入った。

問題は、陸偵の情報で接触を持てた潜水艦などが戦艦プリンス・オブ・ウェールズ以外の艦艇についての報告を怠っていたことだ。

一般常識として、日本海軍の軍人で戦艦プリンス・オブ・ウェールズが単独で活動していると思っているものはさすがにいなかった。いなかったが、どんな部隊として活動しているかについて、正確に把握しようという意識は希薄だった。

陸偵には、大型軍艦は戦艦プリンス・オブ・ウェールズだけと報告されているので、若干の駆逐艦が同行しているだけと考えたのだ。

これは巡洋戦艦レパルスの同伴が駆逐艦二隻であったという事実も大きい。

じっさい戦艦プリンス・オブ・ウェールズも駆逐艦二隻で航行していたとはいえ、そうした事実確認を軽視したのも最初の印象に引きずられたためであった。

ともかくこうした背景があったので、艦爆隊は視界が不良のなかで観測された駆逐艦を戦艦プリンス・オブ・ウェールズと誤認した。

これに九機の艦爆が殺到したのだ。

排水量一三〇〇トンの駆逐艦に対して爆弾三発が命中したことで、駆逐艦は甚大なダメージを受け、大規模な浸水により転覆し、沈没してしまった。

艦爆隊は駆逐艦の撃沈には喜んだものの、いくらなんでも不沈艦と呼ばれた戦艦プリンス・オブ・ウェールズが爆弾三発で沈んだことで、自分たちが攻撃したのは別の艦艇であることに気がついた。

駆逐艦でも敵へのダメージには違いなかったが、戦艦プリンス・オブ・ウェールズとの落差は間違いなかった。

この艦爆隊の誤爆のことは、僚機である艦攻隊も知ることとなる。第一次攻撃隊の指揮官が艦爆に乗っていたのだから間違いようがない。

そのため艦攻隊の攻撃は慎重だったが、すでに戦艦プリンス・オブ・ウェールズと駆逐艦一隻しかおらず、その駆逐艦が戦艦プリンス・オブ・ウェールズに張りついていたため誤爆など起こりようがない。

九機の艦攻は三機と六機に分かれて、戦艦プリンス・オブ・ウェールズに迫った。主力である艦攻は戦艦プリンス・オブ・ウェールズの激しい対空火器の中を超低空で雷撃姿勢を示した。

先頭の艦攻は戦艦プリンス・オブ・ウェールズ

の対空火器の弱い部分を認めてそこに向かったが、それは失敗だった。

戦艦側の火力が弱く見えたのは、そこを駆逐艦が担当していたためだった。先頭の艦攻はこの駆逐艦の対空火器に痛打されたが、彼もまたこの駆逐艦に雷撃を敢行した。

魚雷は至近距離で駆逐艦に命中したが、艦攻もまた対空火器に食われた。

雷撃で大破した駆逐艦は、対空戦闘は不可能な状況であったが航行能力はあった。そして、彼女は日本軍の雷撃隊を認めると最期の力を振り絞り、戦艦プリンス・オブ・ウェールズの盾となることを選択した。

この駆逐艦の決死の活動により艦攻が放った魚雷の三発が命中し、駆逐艦は総計で四本の魚雷を吸収し、それにより轟沈したが、六機の艦攻は外した二本を除く、命中するはずだった四本の魚雷をすべて一隻の駆逐艦により吸収されてしまった。

反対舷から攻撃を仕掛けていた艦攻はまだ恵まれていた。一機が対空火器に撃破されたが、二機は雷撃を成功させ、この二本は戦艦プリンス・オブ・ウェールズに命中した。

これが第一次攻撃隊の戦果であった。

10

「レーダーが捉えていたのは敵空母だったのか」

フィリップス長官は航空雷撃を受けたことで、レーダーが捉えていた敵影が戦艦などではなく、敵空母であると解釈した。

その距離はすでに五〇キロを切っており、敵艦はこちらに向かっている。

「敵空母を撃破する！」

彼は決心した。ともかく一方的に大英帝国の戦艦が攻撃されるだけという状況は看過できない。敵を痛打しなければならないのだ。

相手が空母なら、戦艦一隻で撃破できる。敵大型軍艦を仕留めることができるのだ。ならばこのチャンスを見逃すわけにはいかないだろう。

「敵艦との距離が一六浬（約三〇キロ）になったら砲撃をかける！」

幸いにも戦艦プリンス・オブ・ウェールズの速力はそれほど落ちていない。空母の第二次攻撃隊は出撃準備に入っていたが、まだ飛べないらしい。

そうして一〇分後には、彼我の距離は三〇キロを切った。

「砲戦開始！」

戦艦プリンス・オブ・ウェールズの主砲一〇門が火を噴いた。

11

戦艦比叡の西田《にしだ》艦長は、自分たちの周囲に水柱が立ち上ったことにまず驚いた。

この時、第六電撃戦隊は戦艦比叡と空母瑞鶴の距離が二〇キロ近く離れていた。

単純に空母を安全な距離に下げるというのと、彼自身は空母で敵戦艦を撃沈するなどということは信じておらず、航空攻撃で弱体化した戦艦プリンス・オブ・ウェールズに砲戦を仕掛けるつもりでいたのであった。その意味では、空母は砲戦では足手まといと思われたのだ。

だから戦艦プリンス・オブ・ウェールズへ接近していた。これは鳴山司令官も同じ意見であった。

そんななか距離三万で戦艦プリンス・オブ・ウェールズは撃ってきた。

おそらく電探を頼りの砲戦だろうが、距離はそれほど悪くないとしても、苗頭はかなりずれていた。

さすがに西田艦長も相手の真意を測りかねた。どう考えても、この視界のなかで遠距離砲戦などあり得ないからだ。

「どういうつもりでしょう?」

西田の疑問に鳴山司令官は考えを述べた。

「敵は我々に砲撃をさせたいのさ」

「砲撃を? 挑発ですか」

「いや、比叡が空母なのか戦艦なのかを確かめたいのだ。戦艦と空母では、割れやすい胡桃《くるみ》は空母ではないか。

我々が戦艦なら、敵は戦艦を避けて空母攻撃に向かう。そういうことだろう」

鳴山司令官は先日のニアミスの経験から、イギリス軍のレーダーには比叡と瑞鶴の両方が見えていると相手の能力を過大に考えていた。

しかし、ニアミスの時もいまも、戦艦プリンス・オブ・ウェールズのレーダーが識別できたのは大型軍艦一隻だけだった。だが、互いにこの認識の違いはわかっていない。

「戦艦プリンス・オブ・ウェールズの砲火力は比叡より勝っている。しかしそれは、戦闘距離が二万程度の時の話だ。

互いに肉薄して砲撃を行えば、互角の勝負に持ち込める。まして敵艦は雷撃で損傷しているのだ。勝機はある」

司令官の方針に異を唱える者はいなかった。

じっさいに戦艦プリンス・オブ・ウェールズは雷撃を受けており、比叡は無傷だ。そこで至近距離での砲戦を行えば、確かに比叡にも勝ち目はある。

それに日本海軍の戦術としては、長年にわたり飛行機が敵主力艦を弱らせ、その上で艦隊決戦に持ち込むという思想が支配していた。

その戦術思想から言えば、航空機で雷撃した戦艦プリンス・オブ・ウェールズを戦艦比叡が討ちとるというのは当たり前の発想であったのだ。


それでも戦艦プリンス・オブ・ウェールズは執拗に砲撃を続けていた。しかし、砲弾は命中しなかった。

これはのちの戦艦プリンス・オブ・ウェールズの乗員の証言では、空母に絶え間ない砲撃を加えることで、航空機の発艦を阻止する意図があったらしい。

じっさいレーダーからは航空機の出撃は確認されなかったから、フィリップス長官にすれば、自分の策が当たったとしか思えないわけだ。

視界が悪いなかで二隻の戦艦は接近を続ける。そして距離が一五キロを切ったあたりで、二隻の戦艦は互いの姿を認めた。

13

「戦艦だと！」

　フィリップス司令官は戦艦の姿に我が目を疑った。自分たちは空母を狙っていたのではないのか？

「砲戦用意、敵戦艦！」

　ここまで来たら砲戦は避けられない。

　ここで戦艦プリンス・オブ・ウェールズは砲戦を有利に進めるために大きく面舵を切ってから、さらに変針し、比叡と同航戦に持ち込もうと試みた。そうすれば、砲火力では自分たちが有利になる。

　ここで戦艦プリンス・オブ・ウェールズは舵を切り、速力を上げた。ところが、ここで予想外の損傷が戦艦の命運を左右しようとしていた。

　雷撃を受けた戦艦プリンス・オブ・ウェールズはスクリューシャフトが歪んでいた。低速ならまだしも、高速回転をしたためにスクリューシャフトは偏芯した。

　そして、激しい振動とともに機関部のシャフトの軸受を破壊し、そこから大量の海水が流入した。さらに機械室の歯車も破壊したために速力は急減していた。

　その結果、戦艦プリンス・オブ・ウェールズは不本意ながらも、比叡に対して横腹をさらすこととなった。

　比叡はこのチャンスに全砲門を開いた。砲戦としては至近距離であるために命中界も大きく、初弾から一発の命中弾が出た。

しかし、戦艦プリンス・オブ・ウェールズも一方的に撃たれてはいない。すぐに反撃し、四連砲塔からの砲撃で二発の命中弾が出た。

短時間で二戦艦の距離は接近し、双方は満身創痍だった。

比叡は五発の砲弾を受け、四発を命中させた。比叡はそれでも機関部は無事であり、高速を出すことができた。しかし一番砲塔に被弾し、その消火作業のため比叡は一時的に後退した。

ここで、ようやく空母瑞鶴の第二次攻撃隊が出撃する。

すでに戦艦プリンス・オブ・ウェールズの対空火器はほとんど機能していない。戦艦の砲撃で艦は激しく損傷を受けていたためだ。

そこに艦攻による水平爆撃が行われる。八〇〇キロ徹甲爆弾が次々と投下されて二発が命中する。

じつはこの時、戦艦プリンス・オブ・ウェールズの機関部はスクリュー軸からの浸水でほとんど機能を失っていた。つまり、放置しても戦艦プリンス・オブ・ウェールズは沈没の運命にあった。そこに徹甲爆弾が命中したのだ。

この爆弾の命中で、戦艦プリンス・オブ・ウェールズは一瞬で沈没してしまい、生存者は五〇名にも満たなかった。

こうしてイギリス海軍が誇る戦艦二隻は、日本軍の手によって沈められた。

ただ、レパルスは潜水艦によるものであるとしても、戦艦プリンス・オブ・ウェールズを沈めたのは何であるのか？　その結論はなかなか出なかった。

14

昭和一六年一二月一五日、クアンタン。

一週間前の第六電撃戦隊による戦艦プリンス・オブ・ウェールズの撃沈は、内外で大きく宣伝されていた。

特に、日本海軍潜水艦部隊の威力もさることながら、砲火力で劣勢ながら肉を切らせて骨を断つ肉薄砲撃で、戦艦プリンス・オブ・ウェールズを撃沈した戦艦比叡の働きは「日本精神の優越を証明するもの」として映画化が決定したり、早々にラジオドラマとして全国に放送されるという騒ぎになっていた。また、「忠勇の徳目として教科書の教材に載せるべき」との意見さえ少なくなかった。

戦艦比叡は大破して日本に戻されていたが、鳴山司令官も戦意高揚のための時局講演会などで全国をまわることが決まっていた。

こうしたなかにあって、空母瑞鶴の扱いはそれほど大きくはなかった。

一つには、数少ない戦艦プリンス・オブ・ウェールズの生存者が日本海軍の駆逐艦に救助されて尋問を受けていたが、戦艦プリンス・オブ・ウェールズを沈めたのは戦艦比叡の砲撃よりも、艦攻からの徹甲爆弾の投下によるものであるのが明らかになりつつあったことがある。

これは劣勢にもかかわらず、肉薄戦闘で強敵を下したという戦意高揚のプロパガンダに水を差すものと認識された。

もう一つは、稼働中の主力艦に対して空母が致命傷を与えることが可能であることが明らかになったためだ。この問題は世界の海軍関係者の間でも議論となっていたが、結論は出ていなかった。

戦艦ビスマルクにしても、ソードフィッシュの魚雷が重要な役割を果たしていたが、直接的な沈没原因は砲撃戦によるものだった。

戦艦に対して航空機は何ができるのか？　それを実証する機会は多くない。そもそも戦艦を多数有する国自体が少ないのだから、理想の条件での海戦は期待できなかったのである。

そうしたなかで瑞鶴と戦艦プリンス・オブ・ウェールズの戦闘が行われた。日本海軍は空母による戦艦の撃沈は機密扱いとされたが、それでもよりも多くのデータがほしいのも確かであった。

そこで第六電撃戦隊の空母瑞鶴は比叡の帰国に伴い、一時的に第五電撃戦隊に編入されることとなった。戦艦霧島と空母瑞鶴と翔鶴という強力な空母戦力の部隊である。

そうしたなかで第五電撃戦隊の別役《べつやく》司令官は陸偵からの報告で、クアンタンに集結しつつある敵航空隊を攻撃する命令を受けていた。

作戦はいささか複雑で、敵航空隊を撃破した後に領域の制空権を確保し、友軍艦船の警護をするのである。

すでにサイゴンにあった第一陸偵隊はコタバルに進出し、そこを活動拠点としていた。このことはマレー作戦を進める上で大きな成果と言えた。サイゴンまでの往復時間の無駄を省けるからだ。

すでに第五電撃戦隊の陸軍部隊の支援は多大な

成果をあげていた。コタバルに上陸していた佗美《たくみ》支隊は、飛行場占領後にイギリス軍追撃を視野に鹵獲《ろかく》兵器などで車両や機関銃などを調達した。

これは佗美支隊が上陸を迅速に行うため、可能な限りの装備を削ったからで、自動車などもそもそも佗美支隊の属する第一八歩兵師団は自動車化がまだ完結しておらず、軍馬さえ砲兵用に若干が揚陸された程度である。

ともかく小火器はまだしも、イギリス軍を追撃するには砲火力が圧倒的に足りなかった。

そこで、射程内のイギリス軍に対しては戦艦霧島が砲撃を加えた。ただ、敵が戦線を整理する時間を遅らせることには成功したものの、効果は限定的だった。

海上からの砲撃なので、敵が後退すればそれ以上の攻撃はできない。さらに道路への影響は無視できず、かえって迅速な移動が妨げられることが懸念された。

そこで佗美支隊の追撃準備が整うまで、内陸部のイギリス軍へは空母翔鶴の航空隊が徹底して攻撃を仕掛けた。ここでは攻撃機は言うまでもなく、零戦による機銃掃射も大きな効果をあげた。

また、空技廠が川西に新型照準器開発のために開発を命じた局地戦闘機も、その試作機が投入され、陸軍部隊の地上作戦支援に予想外の結果を出していた。局地戦闘機なので足は短いが、半島が戦場のマレー作戦ではほとんど問題にはならなかった。

それよりも四門搭載の二〇ミリ機銃が陣地戦では大きな威力を発揮した。もちろん、機銃では話にならないトーチカのたぐいもあるが、それらは艦爆や艦攻が始末した。

それでもイギリス軍はコタバルから撤退後もムロンやその奥地のタナメラ、さらにさがってマーチャンまで陣地を構築しようとしたが、そのいずれもが空母翔鶴やコタバル基地からの局地戦の攻撃により撃破されていた。

佗美支隊の砲火力の問題は、こうして海軍航空隊の支援により補うことができた。

陸軍航空隊も友軍支援のために動いていたが、飛行場を占領し、整備して戦力化するにはしかるべき時間が必要だった。そのため開戦から最初の三日、四日という時期においては空母という自己完結した航空戦力の存在は大きかった。

なによりも第五電撃戦隊は戦艦霧島に空母二隻体制であり、航空戦力に不足はない。

じつはイギリス軍の航空戦力は、この時点で瑞鶴・翔鶴の搭載機数を下回っていた。そうしたなかで二隻の空母と一隻の戦艦はクアンタン攻略に向けての最終調整に入っていた。

「作戦内容については修正がある。我々は上陸部隊と輸送船団の護衛にあたることになる」

別役司令官は霧島の作戦室に集めた部下たちを前に、そう話を切り出した。

集まっている幕僚は中佐以上の将校だったが、これは霧島の作戦室が狭いためだった。これもあって電撃戦隊の旗艦は空母のほうが望ましいのではないかという意見もあった。

「輸送船団の護衛とは？」

空母側の将校が尋ねる。それも当然だと別役は思う。なにしろ彼からして数時間前に変更を知らされたばかりなのだ。

「我々の航空支援により二手に分かれた佗美支隊の前進は予想以上に進んでいる。イギリス軍に態勢を立て直す暇を与えなかったからな。

しかし、そのために前線部隊の物資が欠乏している。前進が早すぎて輜重《しちょう》が追いつかないのだ。そこでクアンタンに上陸する木庭《きば》支隊とは別に、クアンタンから北上する補給部隊が佗美支隊に合流し、必要な物資を提供する。

そうすれば、コタバルからの補給はチュラントウ方面の佗美支隊に集中できる」

「勝ちすぎも考えものですな」

先の将校のその一言で、作戦室は笑いに包まれた。

第6章　ＡＢＤＡ艦隊

1

昭和一六年一二月一五日深夜、クアンタン。

和気大尉はこの時、陸偵にてクアンタン上空にあった。

この段階でマレー半島の制空権は完全に日本軍が掌握していたが、それでもなお数十機が温存されていた。少数が分散されていたので、大半は撃破できていたが一掃には至らなかったのだ。

しかし、状況は動いていた。シンガポールを目指す日本軍を阻止すべく、クアンタンにイギリス軍機が次々と集まりつつあった。

それらは大半が双発爆撃機で、戦闘機は少ないと思われた。その目的は快進撃を続ける日本軍に対して補給を行う日本船団を攻撃し、補給を断つことにある。

だからこそ、海に面したクアンタン飛行場に軍用機を集結させたのだ。

ただ、イギリス軍の予測は必ずしも正確ではなかった。日本軍の船団は確かに編成されていたが、それはクアンタンに強襲攻撃をかけるための船団だったのだ。とはいえ、イギリス軍航空隊の動きが脅威であることは間違いない。

一方で、クアンタンに集結するイギリス軍航空隊を撃破できれば、イギリス軍の航空戦力は壊滅し、以降の戦闘は圧倒的に日本軍に有利となる。

陸偵隊の陸偵はそうしたイギリス軍機の動きをつかんでいたが、日本陸海軍は敵軍機を集結させて一網打尽にする方針を決めた。

クアンタンに向けた船団の情報も、そのために意図的に流されていたが、いまだ混乱が収まらないイギリス軍はこの情報を鵜呑みにしてしまう。

この夜は陸偵の電探にも、地上に集結する航空機の明確な反応があった。音で判断する電探ではあるが、反射波の音の様子からかなり的確な判別ができるようになっていた。

特に飛行場に飛行機が集結している状況は、友軍の飛行場の音の経験からも識別は容易だった。ジャングルの反射音とは明らかに違う。

じっさい晴天であり、下方視界からも航空機の集結はわかる気がした。夜間の作業で時々点灯する灯火が飛行場の位置を示すのだ。それは電探の反応とも一致している。

そして、会田はこの作戦のために持参した信号灯を準備していた。

「準備完了です」

「よし！」

陸偵の準備は整った。

2

クアンタン攻略作戦は、空母瑞鶴・翔鶴による総計五〇機あまりの戦爆連合により行われることになっていた。

艦攻隊は飛行甲板の後ろに待機している。戦闘機隊が出撃したのちに艦爆隊が出撃し、艦攻隊が殿《しんがり》となる。

今回は戦闘機隊も爆装しているが、初陣はやはり艦攻の水平爆撃だ。それにより飛行場周辺が明るくなれば、その後は精密爆撃となる。

通常では吊光投弾により周辺を照らすのだが、今回はそうしたものはなく完璧な奇襲を目指す。

戦闘機隊、艦爆隊が出撃していく。

「航法員、上空の警戒を怠るなよ」

「わかっています。トツレですね」

「そうだ。トツレだ」

待機中の艦攻内部ではそんな会話がかわされる。

「本当にそんな信号が見えるんでしょうか」

「見えるからこそ、そういう指示が出ているんだろう。晴天だ。見えないはずがない」

「そうですなぁ」

航法員は空を見上げる。確かに星がきれいであった。

艦攻隊には、ある指示が出されていた。「上空からトツレという信号が確認できたら爆弾を投下せよ」というものだ。その指示を素直に受け取れば、クアンタン航空基地上空に友軍機が飛んでいるということになる。

その友軍機の直下に敵の航空基地があるから、信号を確認したら爆弾を投下すれば、敵の航空基地を奇襲できる。そういう理屈である。

ただし、そんな作戦はいままで誰も経験したことがない。

空母からクアンタンまで、それほど飛行時間はなかった。しかし街も飛行場も暗く、陸偵と空母の支援がなければ方位も正確に定まらなかったかもしれない。夜間飛行であるから直進するのも容易ではない。

じっさい深夜のこの時間帯では、活動もほぼとまっているのだろう。そろそろ飛行場かとも思うのだが、確信は抱けない。その時だった。

「トツレ、確認しました！」

航法員が叫ぶと、艦攻からは爆弾が投下される。大型爆弾ではなく、比較的小型の爆弾をばらまく形である。

爆弾のいくつかは焼夷弾にしてあり、これが飛行場を照らすこととなる。二〇機もの艦攻による水平爆撃は、飛行場に駐機してある航空機に甚大な被害を及ぼした。

飛行場の対空火器はここでやっと動きだしたが、混乱の中での戦闘なので照準も連携もついておらず、探照灯も破壊されたのか、ほとんど機能していない。

上空からはわからないが、地上では焼夷弾攻撃による火災のために周囲が明るすぎ、暗い夜空のことは見えなかったのだ。

そうしたなかで艦爆隊と戦闘機隊が、飛行場の残敵掃討のために突入する。戦闘機隊がまず高射砲陣地を爆撃し、ついで艦爆隊がその戦果を拡大する。

この猛攻による飛行場の損害も少なくなかったが、敵航空戦力の撃滅が優先された。友軍が占領した航空基地はほかにもあるし、なによりも空母部隊が作戦に参加しているため航空優位は確保できる。

　クアンタンを戦艦霧島の主砲で砲撃するという選択肢もなくはなかったが、さすがにそこまで徹底した飛行場攻撃は避けるとされた。つまりは復旧作業の負担の話で、程度問題である。

　ともかく電撃戦隊によりクワンタンのイギリス軍航空兵力は一掃された。

3

　クアンタン飛行場はクアンタン市街の西方一五キロにあったが、イギリス軍は旅団規模の部隊を駐屯させていたものの、防備は必ずしも万全ではなかった。それだけ日本軍の進撃が早かったのだ。

　それでも海岸地帯の防備を固めればよかったのだが、内陸部を進む佗美支隊がジャングルを走破して飛行場の背後に迫っているとの情報があったため、飛行場と市街の中間地点に砲兵を配置するという中途半端な布陣を余儀なくされていた。

　イギリス軍側の防衛陣が中途半端になってしまう最大の理由は、クアンタンの周辺は広大な湿地帯に囲まれていたためだ。ワニが住んでいるような湿地帯があり、砲兵陣地の展開も容易ではなかった。

　そのため飛行場が襲撃された時、クワンタン河の河口周辺域は若干の守備隊がいる程度であった。そして、市街地からわかるのは飛行場が襲撃されたことだけで、何によって攻撃されたかがわからない。

　深夜に精密な空襲などあり得ないことを考える

と、それはジャングルを走破した日本軍の砲撃としか思えない。

そこで、海岸の守備隊も飛行場守備隊の増援とクアンタン防衛のため後方に移動したのであった。

これは日本軍も予想していない展開であったが、この予想外の動きでクアンタンの上陸部隊は、ほぼ無傷でクアンタン河を遡上した。

この時、上陸部隊の先鋒となったのは、陸軍の虎の子である機動艇四隻による強襲隊であった。機動艇は後の世で言う揚陸艦の嚆矢《こうし》と言える。

この時も四隻が川岸に揚陸し、そこから戦車を含む機械化された部隊、一個大隊を展開することに成功した。

これらが揚陸地点を確保したことで、後続の大発などは安全に揚陸を続けることができた。この機動艇隊から降ろされた機械化部隊は捜索連隊の分遣隊であった。

マレー作戦の参加師団は自動車化が進んでいたが、師団の捜索連隊（かつては騎兵部隊だった）もまた機械化されていた。ある意味で部隊と自動車化のバランスが整った、もっとも機動力のある強力な部隊と言えた。

これらが前進して占領地を拡大することは、意図せずに後退するイギリス軍を追撃する形となった。

イギリス軍にとって、自分たちは一本道で左右から日本軍に挟撃されたようなものだ。さらに、後退は必ずしも整然としていなかったため、捜索連隊の機動力と火力に各個撃破される形となった。

イギリス軍も何度か戦線の立て直しを試みるが、

支援する日本軍機の機銃掃射により頓挫することとなった。

イギリス軍にとって圧倒的に不利だったのは、戦線の全体像が見えなかったことだろう。つまり、それは日本軍の電撃作戦の成功を意味した。

戦場となったクアンタン河には橋がなかった。もう少し時間があればイギリス軍も仮設橋を用意できたのだろうが、奇襲により用意できなかったのだ。

結果としてイギリス軍将兵は火砲を含むすべての機材を捨てて、身ひとつで渡河するよりなかった。

これによりクアンタンを日本軍が占領した時、イギリス軍が放置した多数の火砲や機関銃、車両などを鹵獲することとなった。

しかし、クアンタン占領の最大の功績は、マレー半島におけるイギリス軍の航空兵力がこの戦闘により、ほぼ壊滅したことだった。

以降、日本軍は圧倒的な航空優位のもとで戦うことになる。

4

昭和一六年一二月二四日、第五電撃戦隊。

シンガポールはすでに日本軍に包囲されていた。有力戦艦は排除されたため、イギリス軍の守備隊の背後を突く形で水上機動が繰り返され、結果として日本軍のマレー半島南下は驚異的な速度で進んでいた。

日本軍の進軍が急激に進んでいたことは、じつは連合国軍だけでなく、当の日本軍にも大きな影響を与えていた。

たとえばフィリピン方面は計画通りに進軍が進んでいたが、マレー半島攻略が早すぎるため、著しく遅れているかのような印象を周囲に与えていた。

結果として第一、第二、第三電撃戦隊はフィリピン方面の増援に向かい、第四電撃戦隊のみがシンガポール攻略の支援、そして第五電撃戦隊だけが蘭印作戦に移動することとなった。

このような状況でＡＢＤＡ艦隊も対応を迫られていた。

日本軍がＡＢＤＡ諸国の艦隊を各個撃破する意図なのは明らかだった。そこで、まずフィリピンの米艦隊は、当初はシンガポールへの移動を考えていたが、日本軍の動きからジャワ島のスラバヤに集結することとなった。

ＡＢＤＡ諸国の艦隊が集結すれば、日本海軍と対峙できるからだ。より正確に言うならば、日本海軍と対峙するためには、集結が不可欠ということだ。

イギリス海軍も、増援を意図してシンガポールに向けて派遣されていた戦艦リベンジとラミリーズ、重巡洋艦コーンウォールとドーセットシャー、さらに空母フォーミダブルの五隻も、当初の予定を変更してスラバヤへ向かっていた。

これに呼応して深夜、シンガポールからもイギリス海軍の駆逐艦や巡洋艦数隻が脱出していた。自分たちは友軍とともにシンガポールに戻ってくるとして。

マレー艦隊の小沢司令長官は、補給のために部隊をサイゴン近郊のサンジャックに移動させていた。そうしたなかでも小沢司令部は旗艦鳥海《ちょうかい》で情報収集にあたっていた。

「シンガポールから駆逐艦以上の艦艇が消えたか……」

「フィリピンからも先日、艦艇の脱出が報告されておりますが」

参謀長の指摘に小沢はうなずく。

「ＡＢＤＡ諸国の艦隊戦力が交戦を避けて脱出したというのは、おそらく各個撃破を避け、集団として日本軍にあたるためだろう。蘭印の油田はまだ占領されていない。そこが戦場となるのは子供にもわかることだ」

「そうなると、やはりスラバヤに？」

「そうだろう。この状況で使える拠点としてはスラバヤしか考えられまい。ただ」

「ただ、なんでしょう？」

「いま確認されているＡＢＤＡ艦隊の陣容は最大でも重巡洋艦だ。確かに有力軍艦ではあるが、空母と戦艦を展開する我が海軍と対峙するには十分とは言えまい」

「ゲリラ戦に徹するのでしょうか」

「それは難しいだろう。ゲリラ戦を行うには緻密な計算がいる。密な意思の疎通が重要だが、四カ国の海軍の集まりではそれは期待できまい。

ただ、戦況を判断して機動戦を行うことは考えられる。まぁ、それもゲリラ戦と言えばゲリラ戦かもしれんがな。ただ艦隊の総力を結集しての戦いとなると、最低でも戦艦を加えねばならん」

「戦艦ですか……」

「イギリス海軍の戦艦部隊がインド方面に展開している。それとの合流が求められるだろう。敵が本格的に動き出すのはそれからだ」

そして陸偵隊は、小沢司令長官を預言者とした。


昭和一六年一二月二五日、スマトラ島沖合。

第一陸偵隊で数多くの武勲をあげた和気と会田に、新たな陸偵が提供された。優秀な機体には優秀な搭乗員というわけだ。

飛行機としてはエンジンの過給器が改善され、排気タービンとなった。出力も向上したので、機体の改修も大きくできたらしい。

これにより与圧区画の不都合点に改善が加えられている。操縦席の容積も少しだけ余裕ができた。

もう一つ大きいのは電探の改善で、音波の変調の違いだけでなく、ブラウン管で波形を確認できるようになった。それとて限定的ではあったが、運用する側にとっては大きな進歩だ。近くに軍艦が密集していた時、単艦なのか部隊なのかの識別が可能になった。

そうした新型機を与えられた彼らが命じられたのは、スマトラ沖の偵察だった。イギリス艦隊が動いているとしたら、そのルートでスラバヤに向かうはずという読みである。

陸偵はおおむねスンダ海峡周辺を中心に飛行する。その海峡を通過してスラバヤに向かうか、素通りするか両方が考えられるからだ。

すでに潜水艦部隊にはスラバヤ方面への移動が

命じられている。レパルス撃沈からこっち、潜水艦部隊の運用も変わってきた。

そうした状況のなかで、和気の陸偵には新たな任務が命じられた。

それはイギリス海軍の軍艦がスラバヤ方面の連合国軍艦隊と合流する可能性が高く、それらを早期に発見し、各個撃破することが求められていた。そのための偵察が彼らの任務であった。

すでに第一陸偵隊の分遣隊はコタバルからクアンタンに進出し、前進した分だけ滞空時間を伸ばしていた。

最初の二四時間、戦果はなかったが二五日深夜、電探に反応があった。

「機長、軍艦が八隻です。単縦陣でおそらくは駆逐艦が三隻、ほかは大型軍艦と思われます」

会田の報告に、和気は来るべきものが来たと思った。

「よし、司令部に報告だ。敵艦隊と思われるものを電探が捕捉！」

同日同時刻、スマトラ島沖合。

イギリス東洋艦隊のレイトン司令長官は戦艦リベンジに将旗を掲げていた。そのリベンジのレーダー室は当惑に包まれていた。

「天使が出ました」

「不吉なことを言うな！」

レーダー室の室長はオペレーターをそうたしなめるが、画面には確かに物体が写っている。

それは距離にして一〇キロ以上離れているが、時として画面から消え、再び反対方向に現れたりする。

ヨーロッパ戦線のレーダーではこのようなことはなく、報告されているのはいずれもマレー方面の戦線であった。そのためアジア特有の自然現象の影響と考えられていたが、原因は不明である。

これは高度一〇キロ以上上空にいる陸偵を対空レーダーが捕捉していることによる現象で、水平方向でも垂直方向でも一〇キロは一〇キロだ。ただこの時代の高度を計測できないレーダーでは、高度一〇キロ以上を飛行する偵察機などないため、この一〇キロは水平方向の一〇キロと解釈される。

そして、上空の物体に対してはレーダーにも電波の死角があるため、死角に入られると反応は消える。だが陸偵が位置を変えれば、それが反対の角度で捕捉されたとしても、陸偵は戦艦を中心に円を描いているだけなのに、画面では瞬時に数十キロを移動したように見える。

この現象をイギリス軍将兵は、いつしか「天使」と呼ぶようになっていた。

陸偵の数自体が少なく、レーダー搭載の軍艦もまた少ないため、「天使」と遭遇した事例も少ない。問題は巡洋戦艦レパルス以下、天使を捕捉した軍艦は必ず撃沈されていることである。

そのため天使との遭遇は「戦死する将兵の魂を迎えに来ているのだ」との、もっともらしい解説までついていた。

「天使などいるか。我々の戦力を考えてみろ」

室長は言う。

「戦艦二隻に重巡二隻、それに空母も一隻ある。この強力な部隊をそうそう簡単に撃破できると思うか」

「確かにそうですが……」

「天使が現れたと言うなら、それは敵軍の将兵のためさ！」

　この騒ぎのため、旗艦からは司令長官に「天使」の発見は報告されなかった。僚艦のレーダーも「天使」を発見していたが、リベンジも捕捉しているだろうとして、特に改めての報告はなかった。


　一二月二六日未明、スマトラ沖。

　戦艦霧島は陸偵からの報告を受け、敵艦隊に対してどう対峙するかを迫られた。もっとも、別所司令官の腹はほぼ決まっていた。

「現在位置から考えれば、空母二隻による先制攻撃しかあるまい」

「空母ですか」

　流澤先任参謀には、それは意外な発案であるように受け取られていた。

「敵艦隊は八隻、少なくとも五隻が大型軍艦です。空母二隻で未明から先制攻撃をしても、どこまで戦果が出るか……」

「敵の主力艦を弱らせれば霧島でとどめを刺せる。未明から攻撃すれば反復攻撃も可能となり、縦深は確保できるだろう。時間が稼げるなら潜水艦部隊も集結できる」

「我々だけでなく、総力をあげてということですか」

「そういうことだ」

　こうして空母二隻には出撃命令が下る。敵艦隊には空母が含まれている可能性もあり、零戦、艦爆、艦攻それぞれが二〇機の総勢六〇機という編成であった。

そうして第一次の攻撃隊は出撃する。

5

「東方より航空機隊！　敵軍と思われる」

その機影はレーダーを搭載するイギリス艦隊の大型艦五隻で同時に発見された。敵は一直線でこちらに向かってくる。

「どうやら敵の潜水艦か何かに発見されてしまったらしいな。まぁ、仕方があるまい。駆逐艦三隻では限度もあろう」

レイトン司令長官は日本軍の潜水艦の活動が活発化しているという事情は把握していた。にもかかわらず、慌てることなく采配を下す。

「フォーミダブルの攻撃機隊に出撃を命じよ」

その命令に幕僚らは驚いた。

「出撃とは？」

「東方だ。敵は東方からやってきた。まだ夜も明けていないのに、日本軍が航空隊を迂回したりできるか？　航続距離だって我々より劣るはずだ。だから最短距離で来たわけだ。

これから出撃すれば飛行中に夜が明ける。そうなれば、敵艦隊は目視で撃破できよう」

レイトン司令官の作戦は単純明快である。

フォーミダブルの戦闘機隊と軍艦の対空火器が敵編隊を撃破し、その間に自分たちの攻撃隊が敵艦隊を痛打する。

この点では、レイトン司令長官は自分たちの航空隊に絶対的な自信を持っていた。ドイツ空軍との死闘を制した自分たちが、日本軍機に負けるはずがない。

確かにマレー戦線では劣勢だが、それは日本軍の物量のためであって、航空戦力の質では自分たちが勝っている。レイトン司令長官のその信念には一片の迷いもない。

ただ、この時の攻撃機はソードフィッシュが二五機で、ビスマルク追撃戦で活躍したとしても、複葉機であることに違いはない。それでも信頼性は絶大で、その点では確かに脅威とはなり得た。

そもそもレイトン司令長官の日本軍機の認識もやはり複葉機なので、恐れる理由はなかったのである。

こうしてフルマー複座戦闘機隊が迎撃に出撃した後、攻撃隊が出撃した。

フルマー戦闘機隊は密集して日本軍航空隊を迎撃すべく進んでいた。部隊は東に向かっていたが、夜明けのために視界は不利だった。

敵は東から飛んでくる。前方からは朝日を反射する何かが接近するのは確かである。

「全機、攻撃準備！」

戦闘機隊の指揮官がそう命じた時、上空から一群の戦闘機隊がフルマー戦闘機隊を襲った。

それは完全な奇襲だった。しかし、それはあり得ないはずだった。まるで敵がこちらの動きを読んでいたかのようだ。

そうでなければ、上空での待ち伏せなどできるはずはない。

しかし、現実は違う。自分たちは奇襲されている。さらに戦闘機の数は自分たちよりも多い。

フルマー戦闘機隊も反撃は試みるも、日本軍機は太陽を背にして銃撃を加えていく。

最初の一撃で三機が撃墜されてしまうと、ほかのフルマー戦闘機は散開したが、それは数と速度で勝る相手に対しては各個撃破の機会を与えるだけだった。

だが、フルマー戦闘機隊の指揮官もまた、戦闘機の性能では自分たちの優位に疑問を抱いていなかったことが、こうした判断ミスを促した。

散開した時点で、戦闘機の数はフルマー一機に零戦が二機以上という状況だった。しかも散開した結果として、フルマー戦闘機は相互に支援することができなかった。対する零戦隊のほうは三機一組で相互支援ができた。

フルマー戦闘機隊が全滅するまでにさほどの時間は必要なかった。

この空戦のあと、イギリス艦隊を守るものは対空火器のみだった。ここで艦爆隊が最初に目指したのは、空母フォーミダブルであった。

フォーミダブルは、戦闘機隊はそれほどのことはなかったものの対空火器は重厚だった。この点で、すでに二年にわたるドイツとの死闘を経験しているイギリス海軍に一日の長があった。

艦爆隊は急降下を仕掛けるが、対空火器の密度は高い。

確かに最初に艦爆で飛行甲板を叩くというのはセオリーであるのだが、イギリス軍としてはドイツ軍からの急降下爆撃や水平爆撃の経験が豊富であるから、艦爆に対しては有効な攻撃ができた。

　第一波の艦爆隊は飛行甲板の中心を狙ったが、先鋒となる艦爆は主翼をもぎ取られて海面に激突した。その次の艦爆も対空火器により撃墜された。

　三機目は機銃弾を食らったが、操縦員はなんとか機勢を維持しつつ爆撃を試みる。しかし、そこで意識が途切れ、艦爆ごと空母の飛行甲板に激突した。

　爆弾は投下されていなかったが、爆薬の関係で衝突の衝撃で起爆してしまった。

　空母フォーミダブルの飛行甲板は爆弾と艦爆の燃料で火の海に包まれた。この爆撃による衝撃で空母フォーミダブルの電気系統は一時的に不通になったが、それは対空火器の停止を意味した。

　この状況で第二波の艦爆隊が突入し、次々と爆撃を敢行し、二発の命中弾を得た。

　しかも一発はエレベーターを直撃し、飛行甲板の中で爆発した。艦載機はすでに出払っていたものの、格納庫は可燃物で満ちていた。空母フォーミダブルは激しい火災に見舞われた。

　これにより空母は制御不能となったが、そこに雷撃隊が突入し、左右両舷からの雷撃、総計四本の航空魚雷により空母は大量の浸水とともに転覆して沈没する。

　三隻の駆逐艦は、一隻は空母フォーミダブルの乗員の救護にあたらねばならず、戦艦と重巡の部隊は二隻の駆逐艦とともに、この二隻を残して前進する。

　レイトン司令長官はそれでもなお勝利を疑っていなかった。なぜなら、自分たちの攻撃隊が日本艦隊に向かっていたからだ。

それらが日本軍空母を撃沈し、ほかの有力軍艦にも雷撃を成功させたなら砲戦で勝利が得られる。そういう計算だ。

しかし、それは大誤算だった。

彼は自分たちの東方に敵艦隊がいると思っていた。だが、陸偵により誘導されていた第五電撃戦隊の航空隊は、じつは東方ではなく北東方向にいたのである。

ソードフィッシュの攻撃隊がいくら探しても電撃戦隊と遭遇するわけもなく、さらにレーダーも装備しているため偶然の遭遇も期待できなかった。

その間に艦攻隊が戦艦ラミリーズに照準を合わせていた。水平爆撃と雷撃である。水平爆撃で投下されるのは八〇〇キロ徹甲爆弾であった。

ラミリーズは第一次世界大戦頃の設計であり、大きな改善は水雷防御のバルジの増設程度であった。対空火器の増強以外には航空戦についての備えはなかった。

確かに戦艦ラミリーズの対空火器も重厚ではあったものの、空母ほどではなく、水平爆撃を妨げるほどでもなかった。

そして水平爆撃が行われ、九機の艦攻の水平爆撃により三発の爆弾が命中した。この徹甲爆弾の命中はラミリーズにとって致命傷となった。

甲板を突き破った三発の爆弾は次々と艦内で起爆した。艦内は火の海となり、一瞬で操舵不能となった。ここに雷撃隊が殺到し、航空雷撃を敢行する。

バルジは確かに効果はあったかもしれないが、

それらは潜水艦を意図したものであり、航空魚雷が想定している深度とは違っていた。

さらに、ドイツ軍の急降下爆撃や水平爆撃をイギリス海軍は何度も経験していたものの、ドイツ空軍により航空雷撃を受けた経験はイギリス海軍もほとんどない。このことがラミリーズの運命を決めたと言っていいだろう。

すでにダメージコントロールも機能する段階にないラミリーズは、この雷撃により急激に傾斜し、横転すると一瞬で沈没してしまった。

こうして第五電撃戦隊の第一次攻撃隊の攻撃はほぼ終了した。すでに爆弾を抱えている機体も、魚雷を抱えている機体もない。

残存艦艇が五隻となった段階で、レイトン司令長官にはすでに選択肢はなかった。

空母と戦艦を沈められたから逃げ帰るでは、シンガポール防衛や他の戦域へ深刻な悪影響を与えかねない。日本軍の無敵神話を増長させるような真似はできないのだ。

そうなると前進するよりないが、どうするか？

レイトン司令長官は、この時点で日本軍の戦力がわからなかった。そもそも事態をどう解釈すればいいのかわからない。

敵空母により空母と戦艦が撃沈されてしまったのだ。航空機で稼働中の軍艦が二隻も沈められるなど聞いたこともないし、そんな海戦はかつてなかった。それがいま起きたというのが信じがたい。

彼がなにより納得できないのは、空母で主力艦が撃破できるなら、どうしてフォーミダブルで日本海軍に対して同じことができないのかということだ。自分たちだけが一方的に攻撃されるのはおかしいではないか!

しかし、レイトン司令長官が知らない間に旗艦である戦艦リベンジでは、劇的に戦意が低下していた。レーダー室が捕捉した「天使」の噂が艦内に広まっていたためだ。

彼らにしても日本軍に戦備や技術で劣っていると考えるよりも、超自然的な「天使」の存在を信じるほうが納得できたのである。つまり、負けたのは自分たちが劣っているからではなく、神の試練のようなものということだ。

ともかくレイトン司令長官は戦艦リベンジの両舷に重巡と駆逐艦を配置し、対空火器密度を高めることとした。いまできることは、こんなところだろう。

だが戦意という点では、レイトン司令長官はどこまでも見放されていた。燃料切れで日本軍を発見できなかったソードフィッシュの攻撃隊が本隊へ合流しようとしたのである。

合流しようとしても、空母フォーミダブルはすでに沈没している。結果として、それらの攻撃機は、旗艦近くの海上に次々と不時着水するしかなかった。

幸か不幸か、攻撃隊のソードフィッシュは全機が戻ってきた。それらが次々と自分たちの周囲で着水し、沈んでいく光景を目のあたりにすることは、艦隊将兵の戦意をますます失わせた。

「自分たちは勝てるのだろうか? いや、生き残ることはできるのか」

第五電撃戦隊の二回目の攻撃は、まさにその夕イミングで行われることになる。イギリス軍に対して、二隻の主力艦を航空機だけで撃沈したという彼らの士気は天よりも高かった。

空母を撃破したことで、第二次攻撃隊の編成は戦闘機が一〇機ほどで、艦爆、艦攻はそれぞれ二五機の総計六〇機であった。

攻撃隊の隊長にとっての最大の課題は、対空火器の問題だった。

第一次攻撃隊では戦闘機に撃墜された攻撃機はなかったにもかかわらず、対空火器では何機も食われているからだ。ただ被害機は艦爆が中心であり、そこに改善の余地はあると思われた。

さらに陸偵の報告では、戦艦リベンジは重巡と駆逐艦に囲まれているらしい。そこでらっきょうの皮をむくように、まず護衛艦艇を排除する方向で作戦は立てられた。

戦艦もレーダーで日本軍機の接近を察知し、対空戦闘準備にかかっていた。しかし、それは第二次攻撃隊の側も十分承知していた。

攻撃隊は、まず戦闘機隊が左舷側の駆逐艦と重巡に機銃掃射を仕掛けた。もちろん戦闘機で軍艦が沈むはずはなく、挑発以外のなにものでもなかったが、攻撃される側はその挑発に乗った。

すでに主力艦二隻が沈められており、彼らは日本軍機に神経質になっていた。それまで関心もなかったため、艦爆も戦闘機も区別などつかなかった。

ただこれにより対空火器は分散された。特に機銃座などは自分たちに銃撃を加えられたことで、執拗に戦闘機を狙ったが、それだけ艦爆への圧力は軽減した。

艦爆隊はここで、重巡と駆逐艦に爆撃を敢行した。今度ばかりは対空火器に食われる艦爆もなく、重巡に二発、駆逐艦には三発の爆弾が命中した。

三発の爆弾を受けた駆逐艦は、そのまま誘爆を起こして轟沈した。重巡のほうも二発の爆弾を受けたことで戦闘力を大きく失い、後方に下がるよりなかった。

この状態で戦艦リベンジに迫ったのが雷撃機隊であった。この時、対空火器は炎上する重巡などのために視界を遮られていたが、雷撃隊のほうは戦艦の姿が見えている。

最初の三機の雷撃により戦艦リベンジに雷撃が行われ、これはすべて命中した。戦艦リベンジの左舷に三本の水柱が立った。

レイトン司令長官には一連の出来事が信じられなかった。日本軍機が接近することはレーダーでわかっていたが、それは対空火器で十分対応できると思われた。ところが、日本軍機は左舷側だけに殺到した。

飽和攻撃という言葉はこの時代にはなかったが、起きているのはそういうことだった。駆逐艦も重巡洋艦も、何を攻撃すべきかがわからなかった。それだけあまりに多くの敵機が密集していたのである。

そうしたなかで敵の爆撃機が爆撃を成功させ、駆逐艦は轟沈し、重巡は無力化された。これに対して右舷側の駆逐艦も重巡も何もできなかった。

ここでレイトン司令長官は駆逐艦を損傷艦の乗員救出にまわした。なぜか日本軍機は、右舷側に攻撃を仕掛けてこなかったからだ。

しかし、その間に日本軍の雷撃隊が接近し、戦艦リベンジに三本の航空魚雷が命中した。

バルジも増設し、雷撃への耐性を高めたリベンジであったがそれでも限界がある。しかも艦尾の魚雷は戦艦リベンジの操舵機構を破壊していた。戦艦リベンジは操舵不能となり、大きく弧を描き始めた。

この時点でレイトン司令長官は、将旗を重巡洋艦コーンウォールに移した。しかし、司令長官がいなくなったことで、乗員たちの士気は一気に低下した。

戦艦を救おうという意欲を乗員たちも失っていた。司令長官が見捨てた船をどうして守らねばならぬ？　操舵さえままならないのだ。

この時、じっさいに対空火器の勢いは著しく低下した。これは対空火器要員の士気の低下ではなく、ダメージコントロール要員の士気の低下により、電力が供給されなかったからであった。

そして艦攻隊の水平爆撃が行われた。八〇〇キロ徹甲爆弾が投下され、三発が命中し、それらは戦艦に致命傷となった。

戦艦は激しく炎上し、大きく傾斜しながら前進していた。誰から見ても、戦艦リベンジを救うことはできなかった。

ここで重巡コーンウォールに艦爆隊が攻撃を仕掛けた。四発の爆弾を受け、レイトン司令長官は将旗を再び駆逐艦に移動することになる。

戦艦と重巡の撃破をもって第二次攻撃隊の攻撃は終わった。

重巡ドーセットシャーは大破しながらも浮かんではいた。そこでレイトン司令長官はなんとか自走できる重巡に、またも将旗を移した。無線通信の能力は健在であったからだ。

第五電撃戦隊は二隻の重巡が沈没したと思っていたので、ドーセットシャーについては特に攻撃をかけることはなかった。上空の陸偵も並走している駆逐艦と重巡を電探では区別できなかった。

陸偵も燃料を補給するため、基地に戻る必要があったこともある。海戦の結果が出ただけに、いまさら面倒な空中給油は必要ないと判断された。

ただ、ドーセットシャーの試練は終わらなかった。こうした事情を知らない日本海軍潜水艦がこの重巡を発見し、雷撃を仕掛けたのである。魚雷は命中して重巡は沈没した。ここでレイトン司令長官は、またも将旗を駆逐艦に移した。

レイトン司令長官はこの海戦により、一日でもっとも多く旗艦を移動させた提督として世界の海軍史に名前を残すことになる。

6

昭和一六年一二月二八日、横須賀海軍工廠。

「比叡の修理を行わないだと！」

第六電撃戦隊の鳴山司令官にとって、戦艦比叡を修理しないという知らせは青天の霹靂だった。

それなら第六電撃戦隊は解隊されるというのか。

「修理はしますよ。ただ戦艦としては戻さないということです。砲塔部の損傷も甚大で、完全に戦艦として修理したとすれば、戦争が終わってますよ」

「戦争が終わるか」

イギリス艦隊が一掃され、シンガポール陥落も秒読みに入った。フィリピンの攻略も進んでいる。南方資源地帯の確保は予定よりも早急に終わるだろう。

この調子なら、確かに戦争が終わるのは時間の問題だろうし、戦艦を修理する時間も確保できまい。

ただ鳴山司令官には、そうした楽観主義は驕りに通じるのではないかという懸念もある。

「で、ですね。比叡は砲塔を撤去し、空母にすることになりました。装甲空母として生まれ変わるわけですよ。

装甲空母としては不徹底かもしれませんが、有力軍艦になるのは間違いないです」

「比叡が装甲空母になるのか……」

それは驚くべき話であったが、確かに合理的ではあるだろう。ただ第六電撃戦隊はどうなるのか？　そう思う鳴山に工廠の技術者は言った。

「あれ？　司令官は、まだ聞いていないんですか。まぁ、比叡の空母化は我々も昨日、知らされたくらいですからね。第六電撃戦隊は、戦艦と空母で再編です」

「再編？　空母は瑞鶴として戦艦はなんだ？」

「大和ですよ。戦艦大和と空母瑞鶴、それが第六電撃戦隊です」

（次巻に続く）

VICTORY NOVELS　ヴィクトリー ノベルス

最強電撃艦隊(1)

英東洋艦隊を撃破せよ！

2023年3月25日　初版発行

著　者　　林　譲治
発行人　　杉原葉子
発行所　　株式会社 電波社
〒154-0002　東京都世田谷区下馬6-15-4
TEL. 03-3418-4620
FAX. 03-3421-7170
http://www.rc-tech.co.jp/
振替　　00130-8-76758

印刷・製本　中央精版印刷株式会社

ISBN978-4-86490-228-1　C0293